WENN EIN BÄR GEZÄHMT WIRD

Lion's Pride, Band 11

EVE LANGLAIS

Copyright © 2021 Eve Langlais
Englischer Originaltitel: »Taming a Bear (A Lion's Pride Book 11)«
Deutsche Übersetzung: Birga Weisert für Daniela Mansfield Translations 2021

eBook ISBN: 978-1-77384-225-7
Taschenbuch ISBN: 978-1-77384-226-4

Alle Rechte vorbehalten. Dies ist ein Werk der Fiktion. Namen, Darsteller, Orte und Handlung entspringen entweder der Fantasie der Autorin oder werden fiktiv eingesetzt. Jegliche Ähnlichkeit mit tatsächlichen Vorkommnissen, Schauplätzen oder Personen, lebend oder verstorben, ist rein zufällig.
Dieses Buch darf ohne die ausdrückliche schriftliche Genehmigung der Autorin weder in seiner Gesamtheit noch in Auszügen auf keinerlei Art mithilfe elektronischer oder mechanischer Mittel vervielfältigt oder weitergegeben werden.

Titelbild entworfen von: Yocla Designs © 2019/2020
Herausgegeben von: Eve Langlais www.EveLanglais.com

Besuchen Sie Eve im Netz!
www.evelanglais.com

Kapitel Eins
GEDANKEN AUS DEM LEBEN EINES BÄREN: LASSE NIEMALS EIN NICKERCHEN AUS.

Warm und kuschelig. Weich und behaglich. Andrei sabberte, während er ein ganz ausgezeichnetes Nickerchen hielt und von einem warmen Sommertag und dem Summen der Bienen träumte.

Bis ihn jemand stupste.

Er ignorierte es.

Eine Todesfee kreischte, aber er hatte während seiner Jugend schon Schlimmeres verschlafen. Seine Schwester hatte eine besonders nervige Tonlage. Ein richtiger Bär konnte alles durchschlafen. Sogar eine ganze Staffel seiner Lieblingsserie – was bedeutete, dass er das Internet für eine Weile meiden musste, bis er seine Lieblingssendungen alle geschaut hatte.

Piks.

Ein spitzer Finger grub sich in seine Seite. Es kitzelte. Er liebte eine gute Kitzelschlacht. Aber dazu müsste er zuerst aufwachen und dann würde es auch noch dazu Anstrengung erfordern. Wollte er das wirklich, wo sein Kissen doch so bequem war? Es roch auch gut.

Nach Honig. Und Frau. Und …

Das kalte Wasser traf ihn, ein unsanfter Schwall, der ihn mit einem Brüllen aufschrecken ließ.

»Wer wagt es, mein Nickerchen zu unterbrechen!« Er sagte es eher als Feststellung denn als Frage. Er wälzte sich von dem nassen Fleck weg und legte sich so hin, dass er sehen konnte, welche gemeine Person ihn angegriffen hatte.

»Ich wage es, du haarige Bestie. Wer zum Teufel bist du und was zum Teufel machst du in meinem Haus?« Eine goldene Frau starrte ihn böse an. Ihr Haar hatte die Farbe von Honig. Ihre Haut war weich und voller Sommersprossen. Sie trug einen wütenden Gesichtsausdruck.

Er lächelte. »Oh, hallo. Ich bin Andrei Medvedev, und du?«

»Ich bin diejenige, die dir gleich mit der Rohrzange eins überzieht.« Und tatsächlich schwang sie das entsprechende ziemlich große Metallwerkzeug.

»Ist das eine Rohrzange oder freust du dich nur, mich zu sehen?« Er rollte sich jetzt komplett auf den Rücken.

»Ich verpasse dir wirklich eins damit!«, drohte sie ihm und hielt die Zange hoch.

»Das hört sich ja ausgesprochen ungezogen an«, bemerkte er anzüglich und betrachtete die Frau, wegen der er hier war. Als er geklopft hatte, war sie nicht da gewesen, also hatte er sich entschieden zu warten – und zwar im Haus.

»Wie bist du ins Haus gekommen?«

»Durch die Tür.«

»Die war abgesperrt.«

»Tatsächlich?«, fragte er unschuldig. »Da solltest du dir wohl eine bessere zulegen.«

Sie sah ihn böse an. »Scheint so, und wenn ich schon dabei bin, schaffe ich mir vielleicht auch gleich eine Bärenfalle an. Wie ich sehe, stimmt das, was man über deine Art sagt.«

»Und das wäre?«

»Vertraue keinem Bären.«

»Blödsinn. Ein Bär hält immer, was er verspricht.«

»Das behauptest du.«

»Wir sind zuverlässig.«

»Behauptet der Kerl, der in mein Haus eingebrochen ist.«

»Du warst ja nicht da.«

»Dann hättest du eben gehen sollen. Die meisten Leute rufen vorher an, wenn sie vorhaben vorbeizukommen.«

»Aber das hätte ja die Überraschung ruiniert.«

»Ich warte noch immer auf einen guten Grund, dir keins mit der Zange überzuziehen. Je mehr du redest, desto größer wird nämlich die Versuchung.«

Er lächelte sie an. Genau wie die meisten anderen Löwen, die er kennengelernt hatte, war sie furchtlos.

Stark. Und total süß. »Aber wenn du mich umbringst, kann ich mein Versprechen nicht halten, dir zu helfen.«

»Mir wobei zu helfen? Und wer hat dir dieses Versprechen abgenommen?«

»Wenn ich dir die Namen Lacey, Lena und Lenore nenne, wird es dir dann klar?«

»Diese lästigen Kühe«, knurrte sie. »Und was genau haben sie verlangt?«

»Dass ich dir dabei helfe, ein Rätsel zu lösen.«

»Das einzige Rätsel, das sich mir stellt, ist die Frage, wer denken könnte, dass ich bei irgendetwas Hilfe benötige.«

»Möchtest du, dass ich dir meine Fertigkeiten aufzähle? Ich kann ganz fantastisch Konversation machen. Bin ein toller Tänzer. Und singen kann ich auch, besonders nach ein paar Litern Ale. Ich bin ein versierter Boxer.«

»Einbrecher hast du noch vergessen.«

»Ich sollte wahrscheinlich auch noch Gastronomieexperte und Verkleidungskünstler hinzufügen.«

Sie sah ihn an. »In Anbetracht deiner beträchtlichen Größe fällt es mir schwer, Letzteres zu glauben. Und außerdem verstehe ich immer noch nicht, was das Ganze mit mir zu tun hat.«

»Ich wollte dir nur im Voraus Bescheid sagen, da es in der Vergangenheit einige kleinere Rückschläge gegeben hat.«

Sie kniff die Augen zu Schlitzen zusammen. »Was denn für Rückschläge?«

»Nichts, worüber du dir Gedanken machen müsstest, Honigbärchen.« Er grinste sie breit an.

»Ich heiße Hollie.«

»Ich weiß.« Er wusste auch, dass sie ein wenig unordentlich war und ihr Bett nicht machte, dafür aber einen exzellenten Geschmack hatte, was Toilettenpapier betraf. Sie spielte Xbox und hatte eine ganze Schublade voll mit Zeitschriften über Tätowierungen. Da sie ein langärmeliges Oberteil trug, konnte er nicht sagen, ob sie selbst tätowiert war oder nicht.

Vielleicht wäre es gut, wenn sie ihr T-Shirt auszöge und es ihm zeigte.

»Hallo?« Sie schnipste mit den Fingern. »Würdest du bitte aufhören zu versuchen, wieder einzuschlafen?«

»Ich versuche nicht, zu schlafen, ich fantasiere. Über dich.« Er zwinkerte ihr zu. In Russland waren schon bei viel weniger die Höschen zu Boden gefallen – oder ihm ins Gesicht geworfen worden.

Sie hielt ihm die Rohrzange wieder vor die Nase. »Und in dieser Fantasie, habe ich dir da die Seele aus dem Leib geprügelt, weil du mir so auf die Nerven gehst?«

»Ich muss zugeben, dass gewalttätiger Sex noch nie so mein Ding war. Aber dir zuliebe würde ich es ausprobieren.«

Sie knurrte und er nutzte diesen Moment –

während sie ihre Leidenschaft für ihn zügelte –, um sich zu strecken. Seine Gelenke knackten und seine Zehen ragten unter dem Nest aus Decken hervor, in das er sich für ein Nickerchen gekuschelt hatte. Die Decken verrutschten und entblößten einen Teil seines Oberkörpers und seiner Wade.

»Bist du etwa nackt?«, rief sie und ihre Augen wurden groß, als sie ihn anstarrte.

»Ausgesprochen nackt.« Jetzt würde das Höschen doch noch fallen.

»In meinem Bett!«, kreischte sie aufgeregt. Vielleicht trug sie keine Unterwäsche.

»Wie soll ich denn sonst schlafen?« Er hatte nie verstanden, warum es einen Markt für Pyjamas gab. Warum guten Stoff verschwenden und mehr Wäsche erzeugen, wenn es sich nackt am besten schlummerte?

»Wenn du unbedingt nackt schlafen musst, dann tu es bitte woanders. Jetzt muss ich alles waschen. Oder besser noch, verbrennen.« Sie sah ihn an. »Wann bist du denn das letzte Mal geimpft worden?«

»Ich bin stark und gesund.« Er klopfte sich auf die Brust. »Und an Manneskraft mangelt es mir auch nicht.«

»Aber offensichtlich bist du leicht verhaltensgestört. Hat dir nie jemand beigebracht, dass es unhöflich ist, sich das Bett von jemandem zu leihen?«

»In Russland ist das nicht so. Und außerdem möchte ich hinzufügen, dass ich es mir nicht geliehen habe. Schließlich steht es noch in deinem Schlafzimmer. Ich habe es nur benutzt, weil es mir gewisse Annehmlichkeiten verschaffte, während ich auf dich gewartet habe. Und gut, dass ich eingeschlafen bin. Du hast dir ja ziemlich Zeit gelassen.«

»Weil ich gearbeitet habe.« Sie schaute mich wütend an und schwang drohend die Rohrzange. Eine wütende Katze mit ausgefahrenen Krallen.

Sexy. Sein Grinsen wurde breiter, doch das schien sie nicht besonders zu beeindrucken. »Und jetzt arbeitest du nicht mehr.«

»Allerdings arbeite ich jetzt nicht mehr. Ich habe nämlich gerade zehn Stunden durchgearbeitet. Und das bedeutet, dass ich müde bin und sicher nicht in der Stimmung, um mit einem Idioten zu diskutieren.«

»Wenn du möchtest, kümmere ich mich um den Idioten. Sag mir nur, wo er ist.«

Sie blinzelte.

Er zog es in Erwägung zu lächeln, doch da sie ihn gerade bedroht hatte, ihn mit der Zange zu schlagen, hielt er es für besser, noch abzuwarten.

»Hoch mit dir«, fuhr sie ihn an.

Er hob die Decke und warf einen Blick darunter. »Noch ist er nicht oben, aber wenn du dich zu mir setzt, können wir das vielleicht ändern.«

Anstatt ins Bett zu springen, um ein bisschen zu kuscheln – oder auch mehr –, zerrte sie an der Decke und die kalte Luft traf auf seine warme Haut. Allerdings konnte er mit Stolz sagen, dass das keinen Einfluss auf die Größe hatte. Und er hatte auch keine

Erektion. Das wäre unhöflich, solange die Dame noch nicht *Ja* gesagt hatte.

»Ich wusste nicht, dass du einen Rundumservice anbietest. Wo ist mein Bademantel? Ich ziehe Baumwolle gegenüber Seide vor, nur damit du es weißt. Sie ist saugfähiger.«

»Zieh dich an«, fuhr sie ihn an.

»Das geht nicht, meine Klamotten sind in der Wäsche.« Er verschränkte die Hände hinter dem Kopf.

»Und warum sind sie in der Wäsche?«

»Weil sie schmutzig waren.« Hatten Amerikaner vielleicht einen anderen Grund, aus dem sie ihre Klamotten wuschen?

»Dann hättest du nach Hause gehen sollen, um dich umzuziehen.«

»Ich bin in Russland zu Hause.«

Sie zog eine Augenbraue hoch. »Dann ist es vielleicht langsam mal an der Zeit, dass du dorthin zurückkehrst.«

»Nicht, bis ich die Ehre meines Bärenrudels wiederhergestellt habe.«

»Und inwiefern trägt deine Anwesenheit hier dazu bei, irgendetwas wiederherzustellen?«

»Das gehört alles zu meinem Versprechen, dabei zu helfen, das Geheimnis zu lüften. Haben deine Tanten noch nicht mit dir darüber geredet?«

»Wir sind noch nicht dazu gekommen«, erklang eine bekannte Stimme. Lenore steckte ihren Kopf in den Raum.

»Hast du diesem Bären wirklich gesagt, er solle herkommen und mir auf die Nerven gehen?«, beschwerte sie sich.

»Na ja, genau genommen nicht. *Jemand*«, erklärte Lenore und sah ihn dabei böse an, »ist hier aufgetaucht, bevor wir dir die Lage erklären konnten.«

»Ihr braucht es mir gar nicht erst zu erklären, denn was auch immer ihr wieder für einen Blödsinn vorhabt, ich will damit nichts zu tun haben.« Hollie schüttelte den Kopf. »Du kannst also deinen Bären, dein Geheimnis und das ganze Drama nehmen und woanders damit weitermachen.«

»Werd jetzt ja nicht frech. Das Rudel braucht dich.«

Hollie presste die Lippen zu einer schmalen Linie zusammen. »Das Rudel hat andere Mitglieder, die es zu besonderen Einsätzen anfordern kann. Und ich mache so was nicht mehr.«

Das hörte sich interessant an. Andrei sagte nichts, da er ziemlich viel erfuhr, indem er ihnen einfach zuhörte.

»Ich weiß, dass du so was nicht mehr machst, aber das hier ist ein Sonderfall. Wenn du also langsam mal damit fertig bist, den eindrucksvoll großen Bären anzustarren, beweg deinen Hintern nach unten, damit wir es alle gemeinsam besprechen können.«

»Du kannst mich mal mit deiner Besprechung. Ich hatte einen harten Tag. Ich werde jetzt duschen, Abendessen und meine Bettwäsche wechseln.« Das

Letzte sagte sie mit einem scharfen Seitenblick auf Andrei.

Er konnte einfach nicht widerstehen. »Warum willst du denn unbedingt die Bettwäsche waschen, sie ist doch noch völlig in Ordnung! Außer natürlich, du willst damit andeuten, dass wir schmutzige Dinge tun werden.«

Der Schuh traf ihn völlig unvorbereitet.

»Das ist meine Nichte und nicht irgendeine billige Tussi«, erklärte Lenore aufgebracht. Wahrscheinlich war sie eifersüchtig. Sie flirteten schon jahrelang miteinander, doch aus Respekt vor seinem guten Freund Lawrence hatte er es nie bis zum Äußersten kommen lassen. All diejenigen, die sich über den Altersunterschied wunderten, hatten dieses ausgesprochen beeindruckende Trio der Tanten wohl noch nie kennengelernt.

»Ich brauche deine Hilfe nicht, um ihn abblitzen zu lassen, Tantchen.« Hollie verdrehte vielsagend die Augen.

»Ich weiß, dass du das nicht tust, aber Bären sind ziemlich hinterlistig. Und ganz besonders dieser hier.« Lenore zeigte mit dem Finger auf Andrei, der nur grinste.

»Wer? Ich?«

»Du bist wirklich genau wie dein Vater. Und jetzt holst du besser deine Hose, bevor ich Lust bekomme, dich zu kastrieren.«

»Das geht nicht. Meine Hose ist wahrscheinlich

noch in der Waschmaschine. Außer unser Honigbärchen hier hat sie in den Wäschetrockner getan.« Aber in Anbetracht des wütenden Blicks, den sie ihm zuwarf, hielt er das für unwahrscheinlich.

»Ich bin doch hier nicht deine verdammte Putzfrau und außerdem möchte ich nichts mit dir zu tun haben. Schaffe ihn mir vom Hals, Tantchen, bevor ich es selbst tue.« Und als sie das sagte, ließ sie ein letztes Mal die Rohrzange durch die Luft wirbeln, bevor sie sich umdrehte und ging.

Lenore schüttelte den Kopf. »Ich habe das Gefühl, dass sie dich nicht sonderlich mag.«

»Ach Quatsch.« Das war schließlich unmöglich. »Sie versteckt es nur.«

»Und ganz offensichtlich ziemlich gut«, entgegnete Lenore spöttisch. »Hol dir lieber was zum Anziehen, bevor sie die Rohrzange gegen ein Messer austauscht. Und wenn du angezogen bist, komm ins Wohnzimmer. Und versuch bitte um Himmels willen, dich diesmal anständig zu benehmen.«

»Aber das habe ich doch«, rief er aufgebracht.

»Du liegst nackt in ihrem Bett.«

»Sie hat eben angenehme Bettwäsche.«

Lenore seufzte und schüttelte den Kopf. »Was habe ich mir nur dabei gedacht? Das Ganze wird nie funktionieren.«

Das ernüchterte ihn. Er durfte seine Chance, die Dinge mit dem Rudel wieder zu richten, nicht verpassen. »Aber ich will helfen.«

»Ich weiß. Aber du weißt ja, dass Löwen und Bären sich nicht verstehen, richtig? Und das ist das Problem.« Das taten sie für gewöhnlich auch nicht, aber nachdem er Hollie getroffen hatte, wollte er das ändern. Ihr Duft reizte ihn. Die Frau selbst sogar noch mehr. Was für ein interessantes Kätzchen. Wie in eine Honigwabe, die er im Wald gefunden hatte, wollte er in sie hineintauchen und sehen, was für eine süße klebrige Leckerei in ihr steckte.

Er musste nur aufpassen, dass er dabei nicht gestochen wurde. Das war Onkel Boris passiert. Seine beiden Augen waren zugeschwollen. Blind war er herumgestolpert und von einer Klippe gestürzt, in einem reißenden Fluss gelandet, flussabwärts geschwemmt worden und in einer Wasseraufbereitungsanlage gelandet, wo er nur Sekunden zuvor gerettet worden war, bevor er in den Schuttzerkleinerer geraten wäre. Seine Tante sagte oft, wie sehr sie sich wünschte, den durchnässten Fellklumpen nie herausgefischt zu haben.

Andrei stand auf und streckte sich, bevor er das Laken vom Bett riss und es wie eine Toga um seinen Körper wickelte, mehr um ihre zarten Gemüter zu schützen als alles andere. Er wollte sie nicht mit seiner Männlichkeit ablenken, während sie sich mit ernsten Dingen beschäftigten.

Sein Honigbärchen war in der Küche, bereitete das Essen vor und benahm sich endlich wie eine richtige Gastgeberin. Und das war gut so. Sein Magen knurrte

Wenn ein Bär Gezähmt Wird

ein wenig. Er konnte auch etwas zu trinken gebrauchen. Er würde sie fragen, nachdem er gegessen hatte. Er wollte nicht, dass sie seine Mahlzeit verbrannte, weil sie ihm einen Durstlöscher holte.

Im Wohnzimmer, einem gemütlich eingerichteten Raum mit einem Sofa, auf dem er am liebsten ein Nickerchen gemacht hätte, saßen alle drei Tanten: Lacey, Lenore und Lena. Er hatte sie vor vielen Jahren durch seinen guten Freund Lawrence kennengelernt, einen Löwen, der gern trank, feierte und sich prügelte. Obwohl Andrei bezweifelte, dass die beiden letzten Dinge noch oft passierten, da er sich ausgerechnet mit einer Menschenfrau zusammengetan hatte.

Das zeigte nur, dass das gefürchtete P-Wort, *Paarung* auf Lebenszeit, jeden treffen konnte. Überall. Zu jeder Zeit.

Allein der Gedanke. Sein Blick wanderte zu Hollie, die noch nicht in seine Richtung geschaut hatte. Hatte sie ihn nicht kommen hören? Litt sie an einem gestörten Geruchssinn?

Lena, mit den kurzen silbernen Haaren und den hübschen Gesichtszügen, fuhr ihn an: »Wo sind deine Klamotten?«

»In der Waschmaschine. Was mich an etwas erinnert. Honigbärchen«, rief er, »hast du meine Sachen schon in den Trockner gesteckt?«

Der Pfannenwender, der angeflogen kam, verfehlte seinen Kopf nur knapp. Er grinste. »Sie kann wirklich toll zielen.«

»Das sollte sie auch. Schließlich habe ich ihr beigebracht, wie man wirft«, behauptete Lenore. »Ihre Mutter war immer ziemlich schlecht im Sport.«

»Ich wusste gar nicht, dass ihr eine Nichte habt.« Andererseits hatten Lawrence und er nicht gerade viel über die Familie gesprochen. Er hatte die Tanten nur kennengelernt, weil sie dazu neigten, Lawrence zu verhätscheln.

»Ich bin eher so etwas wie eine Stiefnichte, keine Blutsverwandte«, verkündete sein Honigbärchen, die mit einem fantastischen Sandwich in der Hand aus der Küche ins Wohnzimmer kam. Wenn er sich auf seinen Geruchssinn verlassen konnte, handelte es sich um einen Bagel mit allem, Butter, mehreren Lagen Käse, Mayonnaise und einem leicht pochierten Ei mit ein wenig Salz und Pfeffer.

Fast perfekt. Er riss es ihr aus der Hand und nahm einen großen Bissen. »Mmm. Es wäre allerdings besser, wenn du nächstes Mal echten Cheddar in dicken Scheiben benutzt. Oh, und ein paar Scheiben Speck ...«

Bumm.

Wusch.

Die ganze Luft wich aus seiner Lunge, als sie ihn in den Bauch schlug. Andrei knickte ein und sie stahl ihm seinen Snack!

»Mein Sandwich«, beschwerte er sich.

»Es gehört mir«, korrigierte ihn sein Honigbärchen. »Wenn du auch eins möchtest, mach es dir selbst. Und wenn du schon in der Küche bist, kannst du mir auch gleich einen Kaffee mit Schuss machen. Und mit irgendetwas von dem harten Zeug. Ich habe den Eindruck, dass ich es brauchen werde.«

Erwartete sie etwa von ihm, dass er nicht nur sich selbst ein Sandwich machte, sondern auch für sie kochte?

Er starrte sie fassungslos an.

Sie nahm einen Bissen von ihrem Sandwich und starrte einfach nur zurück.

Etwas zu essen bekam er so allerdings nicht. »Macht ihr mir vielleicht etwas zu essen?« Er sah die Tanten mit seinen großen Bärenaugen an. Bei seiner Mutter hatte es immer funktioniert.

Lacey wäre fast aufgestanden, doch Lena hielt sie zurück. »Das kannst du vergessen. Wir sind doch hier nicht deine Angestellten.«

Er seufzte. Amerikanerinnen. Immer so unabhängig. Deswegen hatte er auch vor, sich mit einem netten, traditionellen, russischen Mädchen zur Ruhe zu setzen.

Irgendwann mal.

Und dann auch nur, wenn seine Mutter damit einverstanden war. Er hoffte nur, dass das Mädchen, das seine Mutter auswählte, wusste, wie man kochte, und verstand, dass ein Mann manchmal dreiundzwanzig Stunden Schlaf am Tag brauchte. Außerdem sollte sie Verständnis dafür haben, dass es völlig in

Ordnung war, wenn ein ausgewachsener Mann bei *Grey's Anatomy* weinen musste.

Da er immer noch nichts zu essen, dafür aber einen knurrenden Magen hatte, ging er in die Küche und öffnete den Kühlschrank, nur um festzustellen, dass kaum etwas darin war.

Eier. Cashew Käse. Eine Tüte mit Bagels. Irgendetwas mit der Aufschrift *Tofu*. »Du nennst dich also eine Katze und hast nicht mal Milch?« Wie sollte er dann seine Kekse essen?

»Ich bin laktoseintolerant.«

Hä? Das war wirklich ausgesprochen ungewöhnlich für eine Katze. Nachdem er sich einen kleinen Snack zubereitet hatte, der aus drei Bageln und den mickrigen sechs Eiern bestand, die noch übrig waren, zusammen mit einer riesigen Tasse Kaffee für sich selbst – und einem hübschen Tässchen Tee für seinen kleinen Honigbären, denn durch Kaffee würde sie Haare auf der Brust bekommen –, kehrte er zurück ins Wohnzimmer und zu der hitzigen Diskussion.

»Was soll das heißen, du hast mich freiwillig gemeldet? Ich arbeite nicht mehr für den Sicherheitsservice«, erklärte Hollie.

»Aber wir brauchen dich«, versicherte Lacey und breitete die Hände aus.

»Das Rudel hat genügend anderes Personal, das sich auf diese sinnlose Verfolgungsjagd stürzen kann.«

»Eigentlich nicht. Arik«, er war der König des Löwenrudels, »hat sie abberufen, weil es wohl so

eine Art Notfall gibt. Die, die noch übrig sind ...«
Lenore blickte verschlagen zu Andrei hinüber.
»Na ja, sagen wir einfach, es hat nicht funktioniert.«

»Wegen des Bären.« Es war eher eine Feststellung als eine Frage. Hollie schüttelte den Kopf. »Und selbst wenn ich mich dazu herablassen sollte zu helfen, will ich auf keinen Fall seine Unterstützung. Ich arbeite allein.«

Anstatt zu antworten, aß Andrei.

»Das weiß ich, aber er hat sich freiwillig gemeldet«, erklärte Lacey.

Lena lachte verächtlich. »Es war wohl eher so, dass er uns angefleht hat, ihm eine Möglichkeit zu geben, den Krieg zu vermeiden, in Anbetracht dessen, was seine dumme Schwester getan hat.«

Als er daran erinnert wurde, hätte er fast den Appetit verloren. Lada, seine verzogene Göre von einer Schwester, hatte das Bärenrudel verraten. Sie hatte doch tatsächlich jemanden aus dem Löwenrudel angegriffen. Diese Närrin. Und dann hatte sie ihre Tat noch verschlimmert, indem sie geflohen war. Er musste etwas tun, um ihre Ehre wiederherzustellen. Was gab es Besseres, als seinen unglaublichen Verstand und Körper zur Verfügung zu stellen, um den Löwen zu helfen, ein Rätsel um einen sehr alten Schlüssel zu lösen?

»Und wie soll dieser Neandertaler mir helfen?« Hollie war noch immer nicht überzeugt und hatte ihn praktisch einen Dummkopf genannt. Er hätte ja gern widersprochen, doch sein Snack wurde kalt.

Stattdessen war es Lenore, die sich für ihn einsetzte. »In Anbetracht der Tatsache, dass der Schlüssel ursprünglich aus Russland stammt, könnte er uns vielleicht helfen, an Orte zu gelangen, zu denen Peter nie Zutritt bekäme.« Und Peter war der Mann und Mensch, der diesen merkwürdigen Schlüssel gefunden hatte, der anscheinend etwas aufsperrte ... aber was? Das war hier die Frage. Ganz besonders deshalb, weil seine Schwester und auch andere dazu bereit waren, Gewalt anzuwenden, um ihn in die Hände zu bekommen.

Daraufhin schnaubte Lena verächtlich. »Peter ist ein Idiot und außerdem lügt er wahrscheinlich.«

Lenore nickte. »Da muss ich dir zustimmen. Der Mann weiß mehr, als er zugibt, aber Lawrence hat uns ausdrücklich verboten, unsere Klauen an ihn zu legen.« Das lag wahrscheinlich daran, dass Lawrence mit Peters Schwester verheiratet war.

Andrei, der dabei war, seine Mahlzeit geradezu zu inhalieren, machte einen Moment Pause. »Ich habe keine Versprechungen gemacht, also soll ich mal mit ihm reden?«

»Vielen Dank für das Angebot, aber nein.« Lacey tätschelte seinen Arm. »Wenn wir dich bitten, Hand an ihn zu legen, ist das das Gleiche, als würden wir unser Wort brechen.«

»Und außerdem«, warf Lena ein, »wenn dieser

Vollidiot das Geheimnis lüften konnte, dann kann unsere superschlaue Nichte das erst recht.«

»Mit Schmeicheleien kommst du bei mir nicht weit. Ich will das wirklich nicht machen. Außerdem habe ich sowieso keine Zeit. Ihr wisst schon, dass ich einen Job habe. Ich kann nicht einfach blaumachen, nur um irgendeinen dummen Schlüssel zu suchen.«

Lena grinste. »Ich wusste, dass du das sagen würdest. Und deswegen habe ich dir deinen Terminplan für die nächste Woche freigeschaufelt.«

»Du hast was getan?«, rief sein Honigbärchen aufgebracht. »Wie könnt ihr es wagen, meine Kunden zu belästigen?«

»Du verstehst das falsch. Wir sind für die nächste Woche deine Kunden. Oder hast du die Namen nicht bemerkt?«, fragte Lena.

Bei dieser Aussage erhob Hollie sich von ihrem Stuhl und ging in den Vorraum, wo sie sich ein Notizbuch schnappte und darin blätterte. Sie runzelte die Stirn. Blätterte noch mehr, dann sah sie sie wütend an.

»Ihr habt meine ganze Woche absichtlich ausgebucht?« Sie warf ihren Terminplaner auf den Tisch und Andrei las die Einträge auf der aufgeschlagenen Seite. Montag um neun, W. Asmussichpipi, komplette Toilette austauschen. Dienstag, Wasserleitungen verlegen bei H. Eißedusche.

Er kicherte.

Sein Honigbärchen stieß ihn mit dem Ellbogen in die Seite. »Das ist nicht witzig.«

»Du musst zugeben, diese Namen sind ziemlich einfallsreich.«

»Vielen Dank«, erklärte Lenore. »Besonders der Termin am Donnerstag erfüllt mich mit Stolz.«

Er sah nach und dort stand geschrieben Dr. Ainage. Und da fiel bei ihm endlich der Groschen. »Du bist Klempnerin.«

»Na und?«

Er platzte heraus, ohne vorher nachzudenken: »Aber du bist doch ein Mädchen.«

Das bescherte ihm einen eiskalten Blick. Und zwar so kalt, dass er am liebsten wieder unter ihre weichen Decken gekrochen wäre.

»Nur weil ich mich zum Pinkeln hinsetze, bedeutet das noch längst nicht, dass ich für diesen Job unfähig bin.«

»Du setzt dich zum Pinkeln hin?«, fragte Lena ungläubig. »Hat deine Mutter dir nicht beigebracht, wie du im Stehen pinkeln kannst, ohne dass du nasse Füße bekommst?«

Hollie warf ihrer Tante einen verächtlichen Blick zu. »Wir haben eben nicht alle das Bedürfnis, in der Öffentlichkeit die Männertoilette zu benutzen.«

»Aber vor den Damentoiletten gibt es immer Warteschlangen«, grummelte Lena.

Piep.

Bei dem Piepen blickte er in Richtung Tür, hinter der sich die Waschmaschine und der Trockner befanden. Konnte es tatsächlich sein? Hatte sein Honigbärchen beschlossen, ihn zu überraschen?

»Hat jemand von euch seine Klamotten in den Trockner gesteckt?«, fragte Hollie.

Nur Lacey blickte verlegen drein. »Er brauchte schließlich etwas anderes zum Anziehen als nur das Laken.«

»Nur nichts überstürzen«, murmelte Lenore und zwinkerte ihm zu.

Hollie machte Würgegeräusche. »Du bist alt genug, um seine Mutter zu sein.«

»Eine junge Mutter. Na und? Alter ist nur eine Frage der Einstellung«, erklärte Lenore.

»Bei meinem Vater hat der Altersunterschied nie eine Rolle gespielt.« Andrei beschloss, Lenore zu unterstützen, da sie auf seiner Seite zu sein schien.

»Es ist gerade diese Begierde deines Vaters, die ihn ins Gefängnis gebracht hat«, murmelte Lena.

»Dein Vater steht auf kleine Kinder?« Hollie rümpfte die Nase.

Schnell erklärte er: »Er ist Bigamist.«

Als sie ihn ansah, zuckte er mit den Achseln. »Er heiratet eben ausgesprochen gern. Leider hat er die schlechte Angewohnheit, zu vergessen, dass er sich erst scheiden lassen muss.«

»Und das ist der Typ, mit dem ich arbeiten soll?«, fragte Hollie aufgebracht, griff nach dem Tee, den er für sie gemacht hatte, verzog das Gesicht, setzte die

Tasse unsanft wieder auf dem Tisch ab und schnappte sich dann seinen riesigen Becher mit Kaffee.

Er hätte protestieren können, aber der Gedanke, dass ihre Lippen denselben Tassenrand wie seine berührten, machte ihm nichts aus.

Lacey hatte die Tür zur Waschküche geöffnet, holte seine Kleidung aus dem Trockner heraus und warf sie ihm zu. Er fing sie auf und schmiegte den warmen Stoff an sein Gesicht.

»Du sollst die Klamotten anziehen, nicht daran riechen«, bemerkte Hollie.

»Aber gern doch.« Er schlüpfte mit einem zufriedenen Seufzen in die noch immer warme Kleidung. Als er damit fertig war, stellte er fest, dass Hollie und ihre Tanten sich abgewendet hatten, mal abgesehen von Lenore, die ihn ansah und ihm zuzwinkerte.

»Ich habe meine volle Pracht wieder verhüllt, ihr könnt euch also jetzt wieder umdrehen, ohne von der Lust übermannt zu werden«, erklärte er.

»In deinen Träumen«, murmelte sein Honigbärchen. Nur um kurz darauf auszurufen: »Was ist denn mit deinen Klamotten passiert?«

»Ist der letzte Schrei«, behauptete er mit Blick auf die vielen Risse in seiner Jeans und seinem T-Shirt. Er hielt es für unnötig zu erwähnen, dass er ein paar Schwierigkeiten dabei gehabt hatte, Russland zu verlassen.

Er hoffte nur, die Schwierigkeiten würden ihm nicht bis hierher folgen.

Kapitel Zwei

OBWOHL ER DIE MEISTEN SEINER MUSKELPAKETE mittlerweile unter Kleidung versteckt hatte, fühlte Hollie sich immer noch abgelenkt. Es half auch nicht, dass sie sich ihn immer wieder in ihrem Bett vorstellte.

Der erste Mann, der je in ihrem Bett gewesen war.

Nicht dass sie noch Jungfrau war. Sie hatte nur seit dem College keinen festen Freund mehr gehabt. Kein Interesse. Keine Zeit.

Aber wenn sogar ein Neandertaler attraktiv war, musste sie natürlich Sex haben – mit irgendeinem Mann, der kein nerviger russischer Bär war.

Ein Bärenmann, den sie am Hals hatte, weil ihre Tanten einen Plan ausgeheckt hatten, der einen mysteriösen Schlüssel beinhaltete.

Wo wir gerade dabei waren ... »Wo ist überhaupt dieser Schlüssel, von dem ihr ständig alle redet?«

»Soll das heißen, du machst mit?«, fragte Lacey,

woraufhin Lena ihr auf den Arm schlug. »Was ist denn?«, rief Lacey. »Ich habe doch nur gefragt.«

»Reizt mich nicht«, knurrte Hollie. Sie war auch so schon gestresst genug. Ihre Pläne für einen ruhigen Abend mit einem Sandwich und ein bisschen Animal Crossing waren zerstört. Und gleichzeitig konnte sie eine gewisse Neugier auch nicht abstreiten.

»Wir wissen nicht viel über den Schlüssel, abgesehen von der Tatsache, dass er in keiner Onlinedatenbank auftaucht.« Lena schnippte mit den Fingern und Lacey griff in die Tasche ihrer blassrosa Strickjacke. Während Lacey ganz prüde war, war Lena die taffe Tante und Lenore die üppige, nuttige Tante ohne Sinn für Stil. Und es waren keine echten Tanten, sondern selbst ernannte, da sie eine enge Verbindung zu Hollies Mutter hatten.

Lacey hielt den Schlüssel hoch und Hollie war wenig beeindruckt. Altes, dunkles Metall mit einigen Gravuren. Er verströmte weder Magie noch etwas Böses. »Und woher wisst ihr, dass dieser Schlüssel wichtig ist?« Sie streckte gerade die Hand aus, um ihn zu berühren, als eine riesige Pranke ihn sich schnappte.

»Her damit, du Riesenaffe.« Sie streckte fordernd die Hand aus.

»Moment, Honigbärchen. Weißt du, dass ich ihn jetzt zum ersten Mal von Nahem sehe?«

»Weil wir nicht genau wussten, ob wir dir vertrauen können nach dem, was deine Schwester getan hat«, schalt Lena.

»Was hat seine Schwester denn angestellt?«, wollte Hollie wissen.

»Sie hatte es so sehr auf diesen Schlüssel abgesehen, dass sie unseren süßen Lawrence und seine Gefährtin als Gefangene genommen hat!«

»Oh.« Hollie verstand jetzt, warum der Bär die ganze Angelegenheit richtigstellen wollte.

»Ich bin aber nicht meine Schwester. Ich bin ein Bär mit Ehre«, erklärte Andrei.

»Das werden wir sehen«, erklärte Lena düster.

»Was kannst du uns über den Schlüssel sagen?«, fragte Lacey.

Hollie erwartete, dass er etwas Dummes sagen würde, wie zum Beispiel, dass er ein Schloss öffnete.

Doch der Bär sah nachdenklich aus. Er rollte den Schlüssel in seinen Fingern hin und her. »Er ist ziemlich alt«, erklärte er. Er betrachtete ihn eingehend. »Die Gravuren darauf kommen mir bekannt vor.«

»Denkst du, er ist russischer Abstammung?«, wollte Lenore wissen.

»Vielleicht Teile davon.« Er hob den Schlüssel an seinen Mund und leckte daran, woraufhin Hollie das Gesicht verzog, dann steckte er sich den Schlüssel in den Mund und biss darauf.

»Mach ihn bloß nicht kaputt«, rief Lena.

»Er besteht hauptsächlich aus Eisen«, stellte er fest. Er leckte erneut daran. »Er ist nicht leitfähig. Etwa dreihundert Jahre alt, würde ich sagen, wenn man die Legierung betrachtet. Und während die Art des Schlüssels an die Handwerkskunst europäischer Schlüsselmacher der damaligen Zeit erinnert, ist das beim Design nicht der Fall.«

Hollie blinzelte ihn an. »Und woher weißt du das alles?«

»Ich bin umgeben von alten Dingen aufgewachsen.«

»Du solltest nicht so von deiner Mutter reden«, scherzte Lenore grinsend.

Er zog eine Augenbraue hoch. Sie war dicht und voll, genau wie seine Haare. »Ich würde niemals etwas Respektloses über meine Mutter sagen. Sie ist die härteste Person, die ich kenne.«

»Und das von dem Mann, der es in Ordnung findet, nackt im Bett von Fremden zu schlafen«, murmelte Hollie.

»Ich hätte niemals gedacht, dass eine Nichte von euch so prüde sein könnte«, erklärte er in Richtung ihrer Tanten und schüttelte den Kopf.

»Nicht jeder von uns hat das Bedürfnis, mit dem, was er hat, anzugeben«, argumentierte Hollie.

»Wenn du dich dabei unbehaglich fühlst, sieh einfach nicht hin.«

Aber wie sollte sie das nicht? Der Mann war gebaut wie eine Backsteinhütte aus Muskeln.

»Kinder, wenn ihr langsam mit dem Streiten fertig seid«, mischte Tante Lenore sich ein, »können wir uns dann bitte wieder auf den Schlüssel konzentrieren? Deine Schwester hat dir doch sicher etwas darüber erzählt, wenn man bedenkt, wie groß ihr Interesse daran ist.«

Andrei schüttelte den Kopf. »Sie hat mir nichts erzählt. Ich wusste nicht mal, dass Lada an der Entführung von Lawrence beteiligt war, sondern habe erst nach der Rettungsaktion davon erfahren.« Und es war wirklich gut, dass seine Schwester untergetaucht war, sonst hätte er sie eigenhändig umgebracht. Welcher Teufel hatte sie nur geritten, dass sie alle so hintergangen hatte?

»Und ihr wisst immer noch nicht, wo sie ist?«

»Nein. Und dabei haben wir sie wirklich gesucht.«

»Habt ihr das?«, fragte Hollie ungläubig. »Würdest du wirklich deine Schwester einbuchten lassen?«

Einen Moment lang wurde sein Blick ernst. »Sie muss für ihre Verbrechen am Rudel büßen. Sie hat uns alle in Gefahr gebracht. Das können wir nicht ungestraft lassen.«

Könnte sein, dass er die Wahrheit sagte. Oder war es eher der Fall, dass er versuchte, sich den Schlüssel unter den Nagel zu reißen? Um dort Erfolg zu haben, wo seine Schwester versagt hatte?

Sie sprach ihren Verdacht laut aus. »Und woher sollen wir wissen, dass wir dir vertrauen können? Vielleicht ist dein Hilfsangebot nur eine Falle und du hast vor, den Schlüssel zu stehlen, sobald du die Möglichkeit dazu hast. Oder vielleicht willst du uns nur dazu benutzen, das Geheimnis für dich zu lüften.«

»Ich kann euch nur mein Wort geben, dass ich ehrenhafte Absichten habe.«

»Dein Wort«, sagte Hollie verächtlich.

»Das ist alles, was ich anzubieten habe«, erwiderte er ernst.

»Ich kenne Andrei schon lange und ich kann für ihn bürgen. Denn obwohl er sich manchmal dümmer verhält als zehn Meter Feldweg, ist er außerdem loyal und zuverlässig.«

»Wie schön für ihn. Ich bin sicher, dass er eines Tages einen ganz tollen Partner abgeben wird. Für irgendjemand anderen. Weil ich euch nicht helfen kann. Ich bin Klempnerin und keine Detektivin«, rief Hollie ihnen ins Gedächtnis.

»Ja, jetzt bist du Klempnerin. Aber vorher warst du die beste Jägerin des gesamten Rudels.«

Früher, weil sie das ganze Drama einfach nicht mehr ertragen konnte. Sie wollte ein geregeltes Leben. Die Art von Leben, bei der sie nach ihrer Arbeit in ihrem eigenen Bettchen schlief und nicht in einem nassen Graben oder auf einem windigen Dach. Auf das Rudel aufzupassen war ein Ganztagsjob, der ihre Konzentration rund um die Uhr erforderte. Als Klempnerin entschied sie *selbst*, wie lange sie arbeiten wollte.

»Ich kann ja verstehen, dass die Schlimmen Schlampen ziemlich beschäftigt sind. Aber wenn das der Fall ist, warum kümmert ihr euch dann nicht darum?«

Die Tanten sahen einander kurz an, bevor sie mit

irgendwelchen blödsinnigen Ausreden daherkamen, warum sie das Ganze nicht übernehmen konnten und warum Hollie die Richtige für den Job war.

»Mein Pass ist abgelaufen«, lautete Laceys dumme Ausrede.

»Ich bin als Geschworene geladen«, sagte Lenore.

»Ich kann nicht«, entgegnete Lena einfach.

Hollie rieb sich die Stelle zwischen ihren Augen. »Hört zu, ich verstehe ja, dass ihr wollt, dass ich euch helfe, aber ...«

»Bitte.«

Dieses Wort, von ihrer unbeugsamen Tante ganz leise ausgesprochen, brachte sie schließlich dazu, doch nachzugeben.

»Na gut.«

»Ganz fantastisch.« Andrei rieb sich die Hände, woraufhin sie ihn wütend ansah. »Ich denke, wir werden ein ausgezeichnetes Team abgeben.«

»Ich habe gesagt, dass *ich* ihnen helfen werde, dem Geheimnis des Schlüssels auf die Spur zu kommen. Ich brauche deine Unterstützung nicht.«

»Vielleicht solltest du ihn nicht als Unterstützung betrachten, sondern eher als ... Leibwächter«, bemerkte Lenore. »Die Leute sind ganz versessen auf dieses Ding. Sobald sie herausfinden, dass es sich in deinem Besitz befindet, bist du in Gefahr. Er kann dich beschützen.«

»Ich kann selbst auf mich aufpassen.«

»Hollie.« Sie sagte nur ihren Namen, allerdings in

einem warnenden Ton, der sie daran erinnerte, dass sie durchaus einfach nur aus Prinzip trotzig sein konnte.

Sie seufzte. »Wenn er mich nervt, kann ich aber für nichts garantieren.«

»Solange er satt ist, wird er keine Schwierigkeiten machen«, lautete Laceys Einschätzung der Lage.

»Um dir einen kleinen Vorsprung mit dem Schlüssel zu verschaffen, werden wir so tun, als hätten wir ihn noch«, informierte Lena sie.

»Glaubt ihr wirklich, dass jemand hinter mir her sein wird?«

»Allerdings.« Die drei Tanten stimmten anscheinend darin überein.

»Und wisst ihr vielleicht, wo ich mit der Suche nach Antworten beginnen könnte?«

»Nein.«

Stunden später, nachdem sie die ganze Geschichte erfahren hatte – die nicht gerade lang war –, wurde ihr klar, dass sie ihr wirklich nicht helfen konnten. Der Schlüssel und die Suche danach machten den größten Teil der Information aus, und das half nicht, seine Herkunft zu bestimmen.

Hollie gähnte. »Ich glaube, ich mache für heute Schluss. Morgen beschäftige ich mich weiter damit.« Als sie ihre Tanten zur Tür brachte, lehnte Lena sich zu ihr und flüsterte: »Ich weiß, dass du alles andere als glücklich über seine Anwesenheit bist, doch er ist die einzige Verbindung, die wir zu Lada haben.« Unausgesprochen blieb, dass das Rudel sie wirklich in die

Krallen bekommen wollte, was wahrscheinlich auch erklärte, warum Andrei so sehr darauf beharrte, bei der ganzen Sache in der Nähe zu bleiben.

Die Tür ging zu und Hollie drehte sich um, nur um festzustellen, dass sie zu dem riesigen Mann hochblicken musste, der plötzlich hinter ihr stand.

»Brauchst du Nachhilfeunterricht in Bezug auf persönlichen Freiraum?«, fragte sie ihn.

»Fühlst du dich in meiner Nähe unwohl? Möchtest du, dass ich dir deine Rohrzange hole?«

»Du machst mir keine Angst.« Und das tat er wirklich nicht. Allerdings war er im Weg. Er brachte sie nämlich dazu, Dinge zu empfinden, die sie nicht empfinden sollte. Und das ärgerte sie.

»Es freut mich, das zu hören, ich würde dir nämlich niemals wehtun.«

»Lass mich raten, weil ich eine Frau bin.«

»Zum Teil. Aber hauptsächlich, weil wir keine Feinde sind. Und selbst wenn wir die wären, bist du nicht mal halb so groß wie ich. Es wäre einfach nicht fair.«

»Soll das etwa heißen, wenn wir uns in einem Kampf befinden, verprügelst du nur Leute, die genauso groß sind wie du?« Sie betrachtete ihn. »Ich bezweifle, dass das oft passiert.«

Er grinste. Es war ein freches Grinsen, das viel zu niedlich war. »Mach dir keine Sorgen, Honigbärchen. Es wird dir kein Leid geschehen, solange ich in der Nähe bin.«

»Nein, nur dass all meine Lebensmittel verschwinden.«

»Echte Freunde teilen.«

»Und eine Gabel kann man durchaus als Waffe benutzen. Denk daran, wenn du das nächste Mal versuchst, mir etwas wegzunehmen, das ich mir gerade in den Mund stecken möchte.«

Er ließ den Blick zu ihren Lippen wandern. »Verstanden.«

Sie zuckte fast zusammen, auch wenn seine Antwort eigentlich nichts Sexuelles an sich hatte. »Gut. Also, wenn es dir nichts ausmacht. Es ist spät und ich bin müde. Ich vertraue darauf, dass du alleine die Tür findest.« Sie ging zurück ins Wohnzimmer und ließ sich auf das Sofa fallen.

»Ich kann nicht gehen.«

»Ich verspreche dir, dass du nichts verpassen wirst, da ich erst morgen an dem geheimnisvollen Schlüssel arbeiten werde. Komm also um neun Uhr früh zu unserem Besuch der Geschichtsabteilung der Universität.«

»Weck mich einfach um acht.«

»Sag es doch dem Zimmerservice.«

»Du hast Zimmerservice?« Sein Gesichtsausdruck leuchtete auf und sie beschlich ein leiser Verdacht.

»In welchem Hotel bist du denn?«

»Na hier.«

»Ich bin aber kein Hotel.«

»Ich kann dich ja wohl schlecht beschützen, wenn

ich mich nicht in deiner Nähe aufhalte. Hast du nicht aufgepasst, als deine Tanten dir gesagt haben, dass der Schlüssel gefährlich ist?«

»Ich brauche aber keinen Schutz, weil ja niemand weiß, dass ich ihn habe.«

»Aber sobald du anfängst, Nachforschungen anzustellen, werden sie es wissen.«

Sie seufzte, jetzt schon genervt von dem ganzen Drama. »Ich habe wirklich keine Lust, darüber zu diskutieren. Wenn du mich beschützen willst, von mir aus. Aber es wird dir leidtun. Ich habe nämlich kein Gästezimmer.«

»Wir können uns das Bett ruhig teilen.«

»Das kommt überhaupt nicht infrage«, knurrte sie. »Wenn du unbedingt hier schlafen willst, dann auf dem Sofa. Und deine Klamotten lässt du an!«

»Ich kann doch nicht schlafen, wenn ich meine Hose noch anhabe.«

»Versuch's einfach. Gute Nacht.« Sie stolzierte in ihr Schlafzimmer, hauptsächlich um ihm zu entkommen, bevor sie in Versuchung geriet, ihm beim Ausziehen fürs Bett zu helfen.

Sie nahm den Schlüssel mit. Mit angespannten Nerven – und ihrem Blut, das vor Gereiztheit kochte – begann sie mit einigen einfachen Online-Recherchen.

Alte Schlüssel. Fehlende Schlüssel.

Viel zu allgemein, um etwas zu finden.

Als Nächstes fotografierte sie den Schlüssel und führte weitere Suchen durch, wobei sie ein paar

Webseiten nutzte, die ein Bild mit Milliarden von indizierten Dateien vergleichen konnten.

Nix.

Sie beäugte ihre Schlafzimmertür und fragte sich, ob ihr Gast schon schlief.

Mit oder ohne Kleidung?

Sie könnte einen Snack gebrauchen. Ihre Hand war auf dem Türknauf, bevor sie merkte, dass sie eine Ausrede gefunden hatte, um nachzusehen. Sie legte schnell die Hand auf den Rücken. Sie konnte da nicht rausgehen. Er könnte es als eine Einladung sehen. Stattdessen trank sie ein Glas Wasser, machte sich bettfertig und legte sich mit dem Schlüssel in der Hand schlafen.

Sie verbrachte die Nacht damit, sich hin und her zu wälzen. Sie wurde von seltsamen Albträumen geplagt.

Albträume, wie sie sie schon lange nicht mehr gehabt hatte.

Sie quälte sich und kämpfte gegen die Kälte an, bis eine warme Decke über sie gelegt wurde und jemand mit beruhigender Stimme sagte: »*Pst. Ich passe schon auf dich auf ...*«

Sie schlief tief und fest, bis das Morgenlicht in ihr Zimmer drang. Dann zwinkerte sie und begann, sich zu bewegen, wobei sie sich fragte, was mit ihrem Bett passiert war. Plötzlich sagte eine tiefe Stimme neben ihr: »Morgen, Honigbärchen.«

Kapitel Drei

Normalerweise hatte Andrei es schwer, die Damen wieder aus seinem Bett zu kriegen, aber Hollie konnte gar nicht schnell genug rausspringen.

»Was zum Teufel?«, kreischte sie. »Was machst du in meinem Bett?«

Gar nichts, schließlich war er ein Gentleman. »Hat dir schon mal jemand gesagt, dass es schlimm ist, neben dir zu schlafen? Du redest, schlägst um dich, da kann ja kein normaler Bär in Ruhe schlafen.«

»Stimmt gar nicht«, sagte sie beleidigt.

»Oh doch, das stimmt definitiv. Aber glücklicherweise war die Lösung, damit wir beide in Ruhe schlafen konnten, ziemlich einfach. Du musst nur ordentlich gekuschelt werden.«

Sie runzelte die Stirn. »Du kannst nicht einfach so mein Zimmer in Beschlag nehmen.«

»Ich habe es ja auch nicht in Beschlag genommen.

Ich habe dir doch gesagt, dass ich dich beschützen würde. Anscheinend auch vor Albträumen. Möchtest du darüber reden?« Denn er hatte nur feststellen können, dass sie wirklich Angst hatte. Sie hatte keine zusammenhängenden Sätze gesprochen. Das war auch gar nicht nötig gewesen. In dem Moment, in dem er ihr erstes leises Stöhnen gehört hatte, war er zu ihr gegangen, weil er nicht anders konnte. Er hatte sie getröstet. Sich Sorgen gemacht, als sie nicht aufgewacht war, nachdem er sie berührt hatte. Er hatte sie auf seine Brust gezogen und sich gefragt, ob er Hilfe rufen sollte, doch da hatte sie sich beruhigt. Sie hatte sich an ihn gekuschelt, als würde sie genau dorthin gehören.

»Ich erinnere mich nicht daran.« Sie wandte sich von ihm ab, angespannt, aber trotzdem wunderschön in dem T-Shirt und der kurzen Hose. Auf ihrem Oberschenkel konnte er eine Tätowierung hervorblitzen sehen. Und auch auf ihrem Unterarm. Es war gar nicht so leicht, sich als Gestaltwandler tätowieren zu lassen, denn der Körper regenerierte sich auf eine Art, dass die Farbe nicht haften blieb, wodurch das Tätowieren zu einer Herausforderung wurde und außerdem äußerst schmerzhaft war.

»Hast du vor etwas Angst?«, fragte er sie. »Muss ich jemanden für dich verprügeln?«

»Ich habe jetzt keine Lust, mich von dir einer Psychoanalyse unterziehen zu lassen. Und ich finde es auch nicht gerade toll, dass du in mein Zimmer kommst, um mich zu beißen, während ich schlafe.«

»Ich habe dich nicht gebissen. Ich habe dich getröstet und du hast dich an mir festgehalten wie ein Lemming. Du hast mich nicht gehen lassen. Hörst du vielleicht, wie ich mich beschwere, dass du die ganze Nacht auf mir gelegen und auf meine Brust gesabbert hast?« Er zeigte auf seinen nackten Oberkörper. Und sie blickte hin.

Ihre Wangen wurden rot. »Ich hoffe wirklich, dass du nicht schon wieder nackt unter der Decke bist!«

»Um deine zarten Nerven zu schonen, habe ich meine Boxershorts angelassen. Siehst du?« Er warf die Decke zurück, um es zu beweisen.

Sie sah schon wieder hin und diesmal blickte sie ihn lange genug an, um festzustellen, dass er eine Morgenlatte hatte.

»Du bist wirklich ekelhaft.«

»Machst du mir etwa einen Vorwurf daraus, dass ich pinkeln muss?« Das stimmte nur teilweise. Schließlich konnte sich ein schwacher Bär nur eine gewisse Zeit lang zurückhalten, besonders in der Nähe dieser Frau. Alles an ihr faszinierte ihn, angefangen bei der Art, wie sie sich ihm entgegenstellte, bis hin zu der Art, wie sie im Schlaf heiß aufstöhnte.

Verstand sie, wie viel Selbstbeherrschung er brauchte, um seine Tatzen bei sich zu behalten, besonders als sie sich auf ihm bewegt hatte?

»Wenn du pinkeln musst, tu es jetzt. Ich muss nämlich duschen, sonst komme ich zu spät zu meiner Verabredung.«

»*Unserer* Verabredung«, korrigierte er sie. »Mit wem treffen wir uns?« Andrei wälzte sich aus dem Bett und streckte sich ausgiebig, weil er nicht anders konnte, woraufhin sie ihn noch einmal anblickte – und erneut errötete. Sie ging zu ihrer Kommode und begann, mit den Schubladen zu knallen, während sie sich etwas zum Anziehen heraussuchte.

»Wir treffen uns mit jemandem, der uns vielleicht weitere Informationen bezüglich des Schlüssels geben kann.«

Als Andrei ins Bad ging, konnte er sich gerade noch so davon abhalten nachzufragen, ob es sich bei diesem Jemand um einen Freund oder eine Freundin handelte. Während er pinkelte, ließ er die Tür offen stehen, und sein müdes Honigbärchen fuhr ihn an: »Was ist nur mit dir los? Haben deine Eltern dir keine Manieren beigebracht?«

Er wusch sich die Hände, bevor er das Badezimmer verließ, und sagte: »Sie haben mir beigebracht, dass Körperfunktionen etwas Natürliches sind, deren man sich nicht schämen muss.«

Sie sah ihn böse an. »Mach die Tür zu, denn ich habe kein Interesse daran, dir beim Pinkeln zuzuhören.«

»Sag mir jetzt nicht, dass du so eine bist, die nicht vor einem Mann pupst, weil sie denkt, dass er das ekelhaft findet.«

»Ich pupse nicht, weil es ekelhaft ist.«

»Jeder pupst«, erklärte er.

»Ich aber nicht. Wenn du mich jetzt bitte entschuldigen würdest, ich muss duschen.« Hoch erhobenen Hauptes mit einem Arm voller Klamotten marschierte sie an ihm vorbei.

Er musste sie einfach necken. »Möchtest du, dass ich mitkomme und dir den Rücken wasche?«

Sie stolperte über die Schwelle des Badezimmers und presste zwischen zusammengebissenen Zähnen hervor: »Nein.«

Es erwies sich als eine interessante Art der Folter, sich vorzustellen, wie sie duschte. Nackt. Also lenkte er sich ab, indem er in ihrer Wohnung umherwanderte, ihren Duft genoss und die Einblicke in ihre Persönlichkeit, die er dabei fand.

Ihre Videospiele reichten von Rollenspielen mit Magie und Monstern bis hin zu einem, das sich mit Landwirtschaft zu beschäftigen schien. Keine Bücher, außer ein paar dicken Wälzern auf dem Schreibtisch, wie man ein eigenes Geschäft führt. Der Computer war passwortgeschützt.

Die Bilder an ihren Wänden waren eher alltägliches Zeug: Städte und Landschaften. Keine Bilder von ihr oder jemand anderem.

Als sie mit einem Handtuch auf dem Kopf und vollständig bekleidet mit einer Hose und einem langärmeligen Pullover auftauchte, war er dran, das Badezimmer zu benutzen. Bei ihrem Duft schloss er die Augen und versuchte, die hartnäckige Erektion in den Griff zu bekommen, die jetzt wieder da war. Als er wieder herauskam, fühlte er sich erfrischt – und hatte mehr Kontrolle über seinen Körper. Er rieb sich die Hände und rief: »Was gibt es zum Frühstück?«

Sie setzte sich mit einer Tasse Kaffee und ihrem Handy auf das Sofa. »Gar nichts, weil du gestern Abend alles gegessen hast.«

»Dann gehen wir irgendwohin zum Essen. Ich lade dich ein.« Denn während seine Kleidung die Reise nicht allzu gut überstanden hatte, war seine Kreditkarte heil geblieben.

»Sind das nicht dieselben Sachen, in denen du hergekommen bist?«

»Immerhin sind sie sauber.«

»Deine Hose und das T-Shirt vielleicht, aber du hast in deiner Unterwäsche geschlafen.« Sie rümpfte die Nase.

»Keine Bange, Honigbärchen, die habe ich in den Wäschekorb geschmissen.«

Als ihr klar wurde, was er da sagte, ließ sie den Blick über seinen Körper streifen und sah ihm dann schnell wieder in die Augen. »Willst du etwa wirklich behaupten, dass du keine andere Kleidung hast?«

»Mein Koffer hat die Reise nicht überstanden.« Er hatte Glück gehabt, es überhaupt selbst ins Flugzeug zu schaffen.

»Dann musst du wohl einkaufen gehen.«

»Und wo?«

»In einem Geschäft.« Sie verdrehte die Augen.

»Dann gehen wir nach unserer Verabredung.«

»Was meinst du mit *wir*? Du brauchst mich dafür nicht.«

»Erstens bin ich nur ein Besucher in deiner Stadt, was bedeutet, dass du dich besser damit auskennst, wo wir hingehen können. Zweitens darf ich dich nicht allein lassen, also kommst du entweder mit oder ich trage die gleichen Klamotten jeden einzelnen Tag, was dann wiederum bedeutet, dass du häufiger waschen musst. Und in Anbetracht der Tatsache, dass deine Klamotten mir nicht passen ...«

Er sah, wie es in ihrem Kopf arbeitete, und dann wurde sie rot. »Auf unserem Rückweg von der Universität fahren wir am Einkaufszentrum vorbei.«

Sie aßen im ersten Restaurant, das sie finden konnten. Sie nahm ein kleines Frühstück mit drei Pfannkuchen, zwei Würstchen, Schinken, Rührei, Kartoffeln, Toast, Orangensaft und Kaffee. Er aß viermal das Frühstück mit Steak, zwei Omeletts und eine belgische Waffel mit Schlagsahne und Früchten.

Nachdem er alles aufgegessen hatte und mit der Idee spielte, noch ein Gebäckstück hinterherzuschieben, sah sie ihn an. »Isst du immer so?«

»Immer, wie?«

Sie nahm ihren Kaffee in beide Hände. »Als würde ein außerirdisches Universum in dir leben, das sich von allem ernährt, was du dir in den Mund schiebst?«

»Ich wachse eben noch.«

»Du bist dreißig Jahre alt.«

»Ja, genau. Ich komme gerade in meine besten Jahre.«

Sie schüttelte den Kopf, lächelte aber dabei. »Ich bräuchte drei Jobs, nur um für Lebensmittel zu bezahlen, wenn ich so essen würde wie du.«

»In Russland haben wir einen großen Garten und können jagen, um die Einkäufe ein wenig geringer zu halten. Wir betreiben auch einen Lebensmittelversorgungsdienst und beziehen einen Großteil unserer Waren zum Selbstkostenpreis.«

»Moment, hast du gerade gesagt, ihr handelt mit Lebensmitteln?« Sie blinzelte.

»Ja.«

»Aber ...« Sie betrachtete ihn und runzelte die Stirn. »Du bist doch ein Medvedev. Ich dachte, ihr wärt alle Verbrecher.«

»Trotzdem sind wir keine Diebe, sondern eher Schwarzmarkthändler.«

Sie schürzte die Lippen. »Und womit handelt ihr? Drogen?«

Er lachte. »Keinesfalls, Honigbärchen.« Er lehnte sich vor. »Wir handeln nur mit Essbarem. Die Leute zahlen einen Haufen Geld für seltene Delikatessen. Deswegen muss ich auch die Kluft wieder überbrücken, die meine Schwester mit ihren Taten geschlagen hat. Das Löwenrudel ist unser größter Abnehmer. Oder glaubst du etwa, dass die hochwertige Katzenminze, die eure Köche so gern benutzen, im normalen Supermarkt zu finden ist?«

»Also handelt ihr ja *doch* mit Drogen!«, sagte sie vorwurfsvoll.

»Und manchmal sogar mit Toilettenpapier. Wenn die Nachfrage besteht, können wir es anbieten.«

Nachdem sie ihr Frühstück gegessen und dafür bezahlt hatten – inklusive eines ordentlichen Trinkgelds –, fuhren sie mit Hollies Klempnerwagen zu ihrem nächsten Ziel. Während sie fuhr, sah er sich interessiert im Wagen um. Er war aufgeräumt und sauber, alle Werkzeuge sorgfältig an ihrem Platz und immer griffbereit. Der Name, der den Wagen zierte, war denkbar einfach: *Holly Jolly Klempner-Service* und dazu als Logo ein lächelnder Stöpsel. Sie war eine Frau, die eine Karriere hatte, und zwar nicht in einem Bereich, der für Frauen typisch war.

»Warum bist du Klempnerin geworden, wenn du auch für das Rudel arbeiten kannst?« Schließlich machten sie auf der ganzen Welt Geschäfte.

»Ich habe eine Zeit lang beim Sicherheitsdienst des Rudels gearbeitet. Aber ich war auf der Suche nach etwas, das ein bisschen weniger stressig ist.«

»Und warum hast du dich dann nicht einfach in einen anderen Bereich versetzen lassen?« Weil das Rudel seine pelzigen Pfoten in mehr als nur ein paar Geschäften hatte.

»Haarprodukte und Gastronomie interessieren mich nicht.«

»Aber ausgerechnet Klempnerarbeiten?«, fragte er, da er ihre Wahl einfach nicht verstehen konnte.

»Warum denn nicht?«

»Weil es ein schmutziger Beruf ist, den die meisten Leute lieber nicht erlernen würden«, sprach er die harte Wahrheit aus.

»Genau.« Sie fuhr auf den Besucherparkplatz der Universität. »Viele Schulabgänger machen den Fehler, sich Sachen auszusuchen, die interessant klingen. Ich hingegen habe tatsächlich Nachforschungen angestellt und herausgefunden, was tatsächlich benötigt wird, damit ich mich selbstständig machen konnte.«

»Also arbeitest du mit Kacke, findest Pupsen aber eklig?«

Während sie die Automatik ihres Klempnerwagens auf Parken stellte und den Motor ausschaltete, sah sie ihn an. »Ich stelle ja auch einen Weihnachtsbaum auf, aber das bedeutet noch längst nicht, dass ich erwarte, dass ein fetter Kerl, der ganz in roten Samt gekleidet ist, etwas darunterlegt.« Bevor er etwas erwidern konnte, war sie ausgestiegen.

Und das war auch gut so, denn ihm fiel nicht wirklich eine schlagfertige Antwort ein. Vor allem, weil er sie aus dem Konzept bringen wollte und sie den Spieß umgedreht hatte. Ganz ausgezeichnet.

Er folgte ihr, als sie mit schnellem Schritt losging, und genoss das Wackeln ihres straffen Hinterns in der Jeans, die sie trug und die sich an ihren schlanken Körper schmiegte. Ihr fehlten die üblichen Kurven, auf die er normalerweise abfuhr, und doch war ihre Weiblichkeit unübersehbar.

Der Universitätscampus sah aus wie viele andere auch. Er erstreckte sich über ein paar Hektar Fläche. Die Gebäude waren an einigen Stellen aus älterem Ziegelstein, an anderen aus modernerem Material und Mauerwerk, wo neue Anbauten errichtet worden waren. Sie steuerten auf eines der älteren, niedrigeren Gebäude zu.

»Hast du hier dein Studium zum Installateur absolviert?«, fragte er, da sie sich hier ziemlich gut auszukennen schien.

»Zum Entsetzen vieler habe ich eine Berufsschule besucht. Ich habe die Ausbildung sogar selbst bezahlt.«

»Gibt es denn keine Stipendien vom Löwenrudel?« Das Bärenrudel gab all jenen Stipendien, die den nötigen Ehrgeiz und gute Noten hatten. Und das waren nicht gerade viele. Generell zogen Bären es vor zu schlafen als zu lernen.

»Meine Mutter hat mir beigebracht, niemals etwas anzunehmen, das ich nicht wirklich brauche. Also habe ich während der Highschool Geld gespart und am Abend und an den Wochenenden gearbeitet, damit ich genug zusammenhatte, um die Ausbildung zu finanzieren. Dann habe ich ein paar Jahre lang als Lehrling gearbeitet, bevor ich mich selbstständig gemacht habe.«

»Ich bin beeindruckt.« Und das war er wirklich. Es gab nur wenige im Bärenrudel, die harte Arbeit dem Nichtstun vorgezogen hätten.

Andrei lag dabei irgendwo im Mittelfeld. Er arbeitete hart und konnte genauso hart nichts tun.

»Und wer ist diese Person, mit der wir uns treffen?«

»Professor Kline. Er ist Spezialist für europäische Geschichte.«

»Ist er ein ...« Er sprach es nicht aus, doch sie verstand ihn trotzdem.

»Er ist einer von uns, wir können ihm gegenüber also offen sein.«

»Können wir ihm vertrauen?« Andrei brauchte sich nämlich nur an das Verhalten seiner Schwester zu erinnern, um zu wissen, dass der Schlüssel etwas an sich hatte, das die Gier in den Leuten weckte.

»Ted wird es niemandem verraten.«

Ted? Sie nannte den Professor beim Vornamen. Der Grund dafür wurde deutlich, als sie sein Arbeitszimmer betraten.

Professor Kline war kein schwerfälliger alter Knacker in einer Strickjacke. Er war ein junger und gut aussehender Mann mit einem breiten Lächeln, einem katzenartigen Geruch und einem Gesicht, das Andrei am liebsten geschlagen hätte – vor allem, als ihm klar wurde, dass Hollie und dieser Ted früher mal zusammen gewesen waren.

Kapitel Vier

AUS IRGENDEINEM GRUND STARRTE ANDREI TED an. Hollie wusste nicht warum. Er hatte nichts weiter getan, als Hallo zu sagen, sie kurz zu umarmen und höfliche Nichtigkeiten auszutauschen.

Hi, es ist schon eine Weile her. Du siehst toll aus. Bla, bla.

Schmollend hielt Andrei sich im Hintergrund und hielt ausnahmsweise die Klappe, was bedeutete, dass sie direkt zur Sache kommen konnte.

»Ich brauche deine Hilfe in einer bestimmten Angelegenheit. Ich bin kürzlich in den Besitz eines Schlüssels gekommen«, erklärte Hollie und zog ihr Handy hervor. Sie rief die Bilder auf, die sie von dem Schlüssel gemacht hatte. Und auch das Video.

Ted sah sich alles an, bevor er fragte: »Darf ich den Schlüssel sehen?«

»Nein.«

»Du hast ihn nicht mitgebracht?«

Sie schüttelte den Kopf. »Nein, tut mir leid. Die Tanten wollten ihn nicht rausrücken.«

»Denkst du, sie könnten vielleicht eine Ausnahme machen? Es wäre ausgesprochen hilfreich, den Schlüssel in echt zu sehen«, erklärte Ted stirnrunzelnd.

»Ich kann sie ja mal fragen.«

»Bitte tu das, denn so gut die Fotos auch sein mögen, so ein Artefakt hat winzige Details, die man nur sehen kann, wenn man es in der Hand hält.« Bevor er weitersprechen konnte, klopfte es an der Tür.

»Entschuldigt mich bitte kurz, ich kümmere mich darum.«

Ted blieb nicht lange weg. Als er wiederkam, ging er direkt zum Bücherregal und zog ein paar Bildbände heraus. Er blätterte sie durch und sie konnte nicht umhin zu fragen: »Hast du den Schlüssel erkannt?«

»Nein. Allerdings erinnert der Stil an Arbeiten aus dem sechzehnten Jahrhundert.« Er hatte anscheinend die richtige Seite gefunden, denn er hielt inne und drehte das Buch um, damit sie es sich ansehen konnte. Es bestand eine gewisse Ähnlichkeit, zumindest insoweit, als dass der Schlüssel auf der Seite groß, aus Metall und verziert war.

»Gibt es Hinweise darauf, wer ihn hergestellt hat? Oder was sich damit öffnen lässt?«, wollte sie wissen.

Ted lachte. »Weißt du eigentlich, wie viele Hunderte von Schlüsseln zu jener Zeit geschaffen wurden? Er könnte alles öffnen. Eine Schatztruhe, eine Tür, eine Andenkenschachtel. Ich müsste den Schlüssel ein paar Tage hierbehalten, um ein paar Tests durchzuführen.«

Sie schüttelte den Kopf. »Das kommt überhaupt nicht infrage. Es gab nämlich ein paar ... Zwischenfälle, die mit dem Schlüssel in Verbindung stehen.«

»Zwischenfälle? Inwiefern?«

»Sagen wir einfach, dass gewisse Leute alles tun würden, um ihn in die Finger zu bekommen, und auch nicht davor zurückschrecken, Gewalt anzuwenden.«

Daraufhin runzelte Ted die Stirn. »Bist du etwa in Gefahr?«

»Ist sie nicht«, grummelte Andrei, der anscheinend doch beschlossen hatte, seinen Teil zu der Unterhaltung beizutragen.

»Und wer bist du?«

Bevor sie antworten konnte, dass er der Leibwächter und das nervige Anhängsel war, das ihre Tanten ihr aufgebürdet hatten, erwiderte er: »Ich bin ihr Freund.«

Sie blinzelte und öffnete den Mund, um die Behauptung zu widerlegen, und stellte fest, dass er Ted anstarrte. Nein, er starrte nicht nur. Er glotzte ihn wütend an.

Was zur Hölle? Er schien eifersüchtig zu sein. Aber wie konnte er es überhaupt wissen? Und was kümmerte es ihn?

»Herzlichen Glückwunsch. Hollie ist wirklich

ein toller Fang. Leider war ich an der Uni zu blöd dazu, es zu bemerken.« Das war eine glatte Lüge. Es war viel eher so, dass Ted Probleme mit der Treue hatte. Hollie hatte mit ihm Schluss gemacht und hätte mit ziemlich hoher Wahrscheinlichkeit nie wieder mit ihm gesprochen. Leider war er ein Mitglied des Rudels, und wenn sie wütend auf ihn gewesen wäre, hätte das nur gezeigt, dass sie Gefühle für ihn hatte.

Und das war nicht der Fall. Er war nur ein warmer Körper zum Anlehnen gewesen, wenn sie einen gebraucht hatte.

»Da muss ich dir zustimmen. Mein Honigbärchen ist wirklich etwas ganz Besonderes«, erklärte Andrei.

»Wenn ihr dann langsam mal damit fertig seid, über mich zu reden, können wir unsere Aufmerksamkeit vielleicht wieder auf den Schlüssel richten?«

Ted schüttelte den Kopf. »Es tut mir leid, aber ich kann nichts weiter für dich tun. Zumindest nicht, solange ich nicht weiß, im Besitz welcher Familie sich der Schlüssel ursprünglich befunden hat.«

»Und inwiefern würde das helfen?«

»Wenn es sich um ein wichtiges Familienerbstück handelt, gibt es normalerweise damit einhergehend eine Legende. Momentan könnte ich dir allerdings nicht mal sagen, ob der Schlüssel für eine Tür, einen Schrank oder eine Truhe ist.«

»Und das bedeutet, dass wir die Nadel im Heuhaufen suchen.« Sie seufzte.

Ted zuckte mit den Achseln. »Es tut mir leid, dass ich keine größere Hilfe war.«

»Ist schon okay. Vielen Dank, dass du dir die Zeit genommen hast.«

Sie gingen und waren jetzt auch nicht schlauer als vorher. Sie war frustriert und wollte ihren Frust an jemandem auslassen. Da kam Andrei ihr gerade recht. Er bot das perfekte Ziel.

Für ihre Faust.

»Was zum Teufel hast du dir dabei gedacht, als du Ted gesagt hast, du seist mein Freund?«

Obwohl sie ihm eine verpasst hatte, keuchte er nicht und er weinte auch nicht, er zuckte nur mit seinen riesigen Schultern. »Das war nur ein Alibi. Immerhin ist es weitaus weniger verdächtig, dass dein Freund bei dir schläft. Oder hätte ich mich als dein Leibwächter vorstellen sollen?«

»Und wie soll ich ausgerechnet einen Freund aus Russland haben, wenn ich so gut wie nie den Bundesstaat verlasse?«

»Online-Dating.«

»Das würde mir niemand abnehmen.«

»Oder ein russischer Bräutigam aus dem Katalog?« Er grinste.

»Als hätte ich mir dann ausgerechnet den größten Kerl im ganzen Katalog ausgesucht. Und davon mal ganz abgesehen, hältst du mich wirklich für so verzweifelt?«

»Na ja, anscheinend warst du auf jeden Fall mal so

verzweifelt, wenn man bedenkt, dass du mit diesem Idioten zusammen warst.«

»Ted ist doch völlig in Ordnung.«

»Er ist ein Schleimer.«

»Aber gut im Bett.« Sie hatte das Bedürfnis, das zu erwähnen, und die Reaktion war ein bisschen heftiger, als sie erwartet hatte. Sie hatten ihren Transporter erreicht, und plötzlich stand sie mit dem Rücken dagegen gedrückt da und er hatte seine Hände und Arme seitlich neben sie gestemmt und beugte sich vor, sodass sein Gesicht auf gleicher Höhe mit ihrem war.

»Was machst du da? Geh aus meinem Privatbereich raus.« Sie stieß ihn vor die Brust. Allerdings brachte das nicht den gewünschten Effekt. Stattdessen lehnte er sich näher zu ihr und flüsterte: »Wir werden beobachtet.«

»Was? Von wem?«

»Ich weiß es nicht, aber derjenige folgt uns, seit wir die Fakultät für Geschichte verlassen haben.«

»Vielleicht ist es nur ein Student.«

»Kann schon sein. Aber nur für den Fall solltest du mich besser küssen.«

»Warum?«

Doch anstatt es ihr zu erklären, legte er seinen Mund auf ihren und ihre Sinne explodierten.

Sie erwiderte den Kuss. Ihr Atem wurde flacher und plötzlich sammelte sich prickelnde Hitze zwischen ihren Schenkeln.

Als der Kuss plötzlich vorbei war, brauchte sie

einen Moment, bevor sie die Augen öffnen konnte. Und dann noch einen Moment, um festzustellen, dass Andrei sich über seine Schulter umsah.

»Du hast wirklich toll mitgespielt«, erklärte er. »Unser Verfolger ist verschwunden.«

Gespielt?

Es war nichts Gespieltes an ihrem feuchten Höschen und dem heftigen Bedürfnis, ihn bei den Ohren zu packen und wieder zu sich herunterzuziehen, um weiterzumachen.

Und bei dem Gedanken fuhr sie ihn böse an: »Verschwinden wir von hier.«

»Und wohin, Honigbärchen?«

Wenn sie jetzt gesagt hätte, in ihr Bett, hätte er wahrscheinlich zugestimmt.

Doch stattdessen tat sie das Einzige, was seine Lust schlagartig abkühlen konnte. Sie sagte: »Wir fahren ins Einkaufszentrum, um dir ein paar Klamotten zu kaufen.«

Der Kuss hatte sie ziemlich durcheinandergebracht, also sagte sie während der Fahrt kaum etwas. Und dem Bären, der neben ihr saß, schenkte sie kaum Beachtung, bis er plötzlich etwas Interessantes sagte.

»Moment, sag das noch mal.«

»Dein Professor hat irgendetwas über Familienlegenden gefaselt.«

»Kennst du vielleicht eine, bei der es um einen Schlüssel wie unseren geht?«

»Eigentlich nicht. Allerdings ist auf dem Schlüssel

ein Symbol. Es kommt mir ... irgendwie bekannt vor. Als hätte ich es schon mal gesehen.«

»Was für ein Symbol? Wo hast du es schon mal gesehen?« Könnte sich der Höhlenmensch an ihrer Seite in dieser Ermittlung tatsächlich als hilfreich erweisen?

»Ich werde beim Mittagessen darüber nachdenken.« Die Besitzer des All-you-can-eat-Buffets hätten wahrscheinlich Konkurs anmelden müssen, wenn Andrei nicht darauf bestanden hätte, mehr zu bezahlen. Obwohl er groß, frech und unverschämt war und mit illegalen Nahrungsmitteln handelte, hatte er einen seltsamen Ehrenkodex. Das hieß, dass er beim Bezahlen von Dienstleistungen nicht knauserte. Er hielt ihr die Tür auf. Blieb stehen, bis sie saß.

Und küsste sie so gut, dass sie ständig auf seinen Mund starren musste. Dieser bewegte sich gerade, aber sie brauchte einen Moment, um zu begreifen, dass er mit ihr sprach.

»Ich habe gefragt, ob es dir etwas ausmacht, wenn ich ein Bild des Schlüssels mit dem Symbol, das mir so bekannt vorkommt, zu meinem Bärenrudel schicke?«

»Hältst du das für eine gute Idee, nach allem, was deine Schwester getan hat?«

»Ich bin fest davon überzeugt, dass sie allein gehandelt hat. Und ich hatte ja auch nicht vor, ein Bild des ganzen Schlüssels zu schicken, sondern nur eine Ausschnittsvergrößerung des Symbols.«

»Dagegen ist nichts einzuwenden, würde ich

sagen.« Sie würden bei ihren Ermittlungen nicht vorankommen, wenn sie sich nie in die Karten schauen ließen.

»Du kannst mir vertrauen, Honigbärchen.«

Sie schnaubte verächtlich. »Mach keine Versprechen, die du eventuell nicht halten kannst.«

»Wenn ich etwas verspreche, halte ich es auch.«

»Wie wäre es, wenn du mir versprichst, dass du mich nicht mehr aus irgendeinem erfundenen Grund einfach küsst?«

»Erstens habe ich versucht, unsere Deckung aufrechtzuerhalten, weil wir von jemandem beobachtet wurden. Und zweitens kann ich dir das sowieso nicht versprechen, denn es war einfach viel zu schön, dich zu küssen.«

»Und was, wenn ich nicht geküsst werden will?«

»Ich glaube, du willst geküsst werden.«

Damit hatte er zwar recht, doch darüber war sie kein bisschen glücklich. Sie wollte ihn nicht küssen wollen. Und da half es rein gar nichts, dass sie sich am liebsten schon wieder von ihm küssen lassen wollte.

»Keine Küsse mehr.«

»Und was ist mit Anfassen?«

»Auch kein Anfassen.«

»Was, wenn du im Schlaf wieder auf mich drauf kletterst?«

»Wie wäre es, wenn du dich einfach aus meinem Bett fernhältst?«

»Das kann ich dir nicht versprechen. Vielleicht

möchtest du kuscheln, wenn du wieder einen Albtraum hast.«

Sie hätte daraufhin gern noch etwas erwidert, doch sie waren beim Einkaufszentrum angekommen. »Wir sind da.« Und sie klang vielleicht einen Tick bedrohlicher als nötig, als sie sagte: »Gehen wir einkaufen.«

Kapitel Fünf

DAS EINKAUFSZENTRUM ERWIES SICH ALS RIESIG – zweistöckig mit einem Parkplatz, der mit Fahrzeugen vollgestopft war. Sie wählte einen Platz in Sichtweite der Fußgänger, was es weniger wahrscheinlich machte, dass der Wagen aufgebrochen wurde.

Drinnen angekommen ließ sie sich weder von dem Handtaschen- noch von dem Schmuckgeschäft ablenken. Sie führte Andrei direkt zu einer beliebten Kette für Herrenbekleidung. Und die war ihm viel zu klein.

Er schüttelte den Kopf. »Wir müssen irgendwohin, wo richtige Männergrößen angeboten werden, nicht diese winzigen Sachen.« Er hielt ein Hemd hoch, das aus allen Nähten geplatzt wäre, hätte er versucht, es anzuziehen.

»Hmmm.« Sie kaute auf ihrer Unterlippe, während sie nachdachte, und machte ihn damit eifersüchtig.

Als er sie vorhin geküsst hatte, hatte er es getan, weil ihnen jemand gefolgt war und sie beobachtet hatte. Aber nur eine kurze Berührung und er hatte nicht mehr aufhören wollen. Sie zu küssen weckte seine Sinne. Brachte seinen inneren Bären zum Brummen. Etwas in ihm hatte klick gemacht und er wusste, dass er in der Klemme steckte.

Als sie die Karte des Einkaufszentrums betrachtete, konnte er nicht anders, als darüber nachzudenken, was das wohl heißen mochte. War diese Löwin seine Gefährtin? Bei dem Gedanken zuckte er fast zusammen, denn er wusste bereits, dass es seiner Mutter nicht gefallen würde. Verdammt. Sie würde Hollie schon allein wegen ihrer Spezies ablehnen.

Vielleicht irrte er sich ja.

»Versuchen wir es bei dem Laden *Big and Tall*«, sagte sie schließlich und sah ihn über ihre Schulter hinweg an. »Die haben Übergrößen für Männer.«

»Schön, dass du endlich anerkennst, wie großartig ich bin.«

Sie lachte verächtlich. »Wenn du so großartig wärst, hättest du weniger Haare am Rücken.«

»Mach dich nicht über meinen dichten Pelz lustig. Schließlich sage ich ja auch nichts über deinen Schnurrbart.«

Sie hob ihre Hand an die Oberlippe, konnte aber einen bösen Blick nicht ganz unterdrücken. »Lass meine paar Härchen in Ruhe.«

»Sie gefallen mir.«

»Grumpf.« Wütend marschierte sie von ihm weg. Das hielt sie jedoch nicht davon ab, abrupt stehen zu bleiben und ihn anzufahren: »Kommst du jetzt oder was?«

Und er hatte das merkwürdige Gefühl, dass er ihr überallhin folgen würde. »Aye, aye, *mein Kapitän*«, erwiderte er und salutierte.

Sie verdrehte genervt die Augen, doch gleichzeitig umspielte ein Lächeln ihre Lippen. »Idiot.«

Hinter ihr zu gehen bedeutete nicht nur, wieder den schönen Hintern vor der Nase zu haben. Es bedeutete auch, dass er die Leute im Einkaufszentrum beobachten konnte. Schenkte einer von ihnen seinem Honigbärchen zu viel Aufmerksamkeit?

Er sah einen männlichen Menschen, dem man eigentlich die Augäpfel herausreißen und zerquetschen müsste, weil er sie lüstern angrinste. Ein anderer begann tatsächlich, sich ihr mit einem schmierigen Lächeln zu nähern, bis Andrei seinen Schritt verlängerte und den Mann düster anblickte.

Sie schien von alledem nichts zu bemerken und konzentrierte sich nur auf ihr Ziel. Oder zumindest glaubte er das.

Als er neben sie vor den Laden trat, murmelte sie: »Na, du weißt ja, wie man sich unauffällig verhält, was?«

»Danke für das Kompliment.«

»Das war ironisch gemeint. Hast du nicht behauptet, du seist ein Verkleidungskünstler?«

»Ich fand, dass ich den eifersüchtigen Freund perfekt gespielt habe. Vielleicht sollten wir uns erneut küssen, damit es glaubwürdiger rüberkommt.«

Sie ließ den Blick zu seinem Mund wandern. Und dort verweilte er lange genug, dass er wusste, dass sie sich daran erinnerte, wie leidenschaftlich der letzte Kuss gewesen war.

Dann wandte sie sich abrupt ab. »Bringen wir's hinter uns.«

Das Geschäft, das sie diesmal aufgesucht hatten, führte Größen für echte Männer. Er griff sich eine ganze Armladung voll mit Sachen, die er anprobieren wollte, wobei er enttäuscht war, dass sie nicht zusammen in die Kabine passen würden.

»Bitte bleib in Sichtweite der Umkleidekabinen.«

Sie seufzte. »Im Ernst? Wir befinden uns in der Öffentlichkeit. Und noch dazu in einem Einkaufszentrum der Menschen, wie ich hinzufügen möchte. Hier wird niemand etwas Merkwürdiges versuchen.«

»Und deswegen ist es auch der perfekte Ort für einen Hinterhalt, weil der Feind nämlich damit rechnet, dass du deine Deckung sinken lässt.«

»Das ist doch lächerlich.«

»Bitte zwinge mich nicht dazu, die Tür offen zu lassen, während ich die Klamotten anprobiere.«

»Tu es ruhig, dann wirst du wegen Erregung öffentlichen Ärgernisses verhaftet.«

»Hollie!« Diesmal sagte er ihren Namen in einem äußerst strengen Tonfall und sie musste grinsen.

»Ja, Papa Bär.«

Daraufhin musste er lachen. »Ich meine es ernst. Bleib in meiner Nähe«, rief er, bevor er sich in der Kabine einschloss. Schnell begann er, die Sachen, die er mitgenommen hatte, an- und auszuziehen, und stapelte sie in zwei Haufen.

Er stand gerade in Boxershorts da und wollte die letzte Jeans anprobieren, als sie plötzlich sagte: »Ich glaube, mich beobachtet jemand.«

»Weil du so ein heißes Gerät bist«, erklärte er und zog sich die Hose über die Beine. Er öffnete die Tür, barfuß, die Hose noch nicht ganz zugeknöpft. Er freute sich darüber, dass sie ihn anstarrte. Dann schluckte sie. Und erst dann wanderte ihr interessierter Blick zu seinem Gesicht. »Wo ist die Person, die dich beobachtet?«

»Drüben bei dem Sonnenbrillenständer vor dem Laden. Wahrscheinlich ist es nur ein Perverser.«

»Oder ein Mann mit ausgesprochen gutem Geschmack.« Er blickte über ihren Kopf hinweg und sah den Mann. Er kniff die Augen zu Schlitzen zusammen. »Das ist der gleiche Typ, der uns an der Uni beobachtet hat.«

Dann bemerkte der Mann, dass er angestarrt wurde, erstarrte und lief weg.

Und sein Honigbärchen, die offensichtlich den Instinkt einer Jägerin besaß, lief ihm hinterher und rief noch über ihre Schulter: »Wir treffen uns beim Wagen.«

Kam überhaupt nicht infrage. Er wollte ihr gerade folgen, als jemand ihn am Arm packte. Als er hinabblickte, sah er den Verkäufer des Ladens.

»Wo willst du denn hin? Du musst die Hose erst bezahlen!«

Er blickte an sich herunter. Bezahlen oder ausziehen. Er wusste, was Hollie sagen würde. Aber sein Instinkt verlangte, dass er etwas tat. Er ließ die Hose zu Boden fallen und hatte nur noch die Boxershorts an, die er anprobiert hatte und an der ebenfalls ein Etikett baumelte.

Er hatte kein Problem damit, sich nackt auszuziehen, aber er würde keine große Hilfe sein, wenn die örtlichen Behörden kamen und ihn wegen Diebstahls oder unsittlicher Entblößung verhafteten.

»Verdammt.« Er wirbelte zur Umkleidekabine herum, zog sich seine alte Jeans und sein Hemd an und schlüpfte schnell auch noch in seine Schuhe. Auf dem Weg nach draußen warf er dem Mitarbeiter seine Kreditkarte und die ausgesuchte Kleidung zu. »Rechnen Sie das schon mal ab. Ich komme wieder.« Und ja, er sagte es mit seiner besten *Terminator* Stimme. Seine Mutter hatte ihn und seine Schwester von klein auf amerikanische Filme schauen lassen, um ihren Akzent zu mildern. Denn, so erklärte sie – manchmal mit dem Kochlöffel –, je mehr Sprachen sie beherrschten, desto besser konnten sie sich anpassen. Und um sicherzustellen, dass niemand sie ausnutzte.

Während die Kassiererin die Ware abrechnete,

ging er in die Richtung, in die er Hollie hatte fliehen sehen. Er brauchte sie nicht unbedingt zu sehen, um ihrer Fährte zu folgen. Verdammt, er war sich nicht einmal sicher, ob es sein Geruchssinn war, mit dem er ihr folgte. Es war einfach Instinkt. Als wüsste er automatisch, wo sie zu finden war.

Er holte sie in einem der Wartungsgänge ein, ihren Arm auf die Kehle eines Mannes gepresst. Und zwar eines Menschen, keines Gestaltwandlers.

»Hattest du mir nicht versprochen, in Sichtweite zu bleiben?«, fuhr er sie an, erleichtert, dass sie unverletzt zu sein schien.

»Beruhige dich, Papa Bär. Wie du sehen kannst, habe ich alles unter Kontrolle. Und du kommst gerade rechtzeitig, um die Antworten mitzuhören. Fangen wir also mit der Frage an, warum du mich verfolgst.« Und sie starrte den Mann böse an.

Der Typ stammelte: »Das habe ich doch gar nicht.«

»Du warst an der Uni.«

»Ich studiere dort.«

»Und zufälligerweise gehst du dann noch in das gleiche Einkaufszentrum wie wir?« Sie zog zweifelnd eine Augenbraue hoch.

»Wenn ich keine Vorlesungen habe, arbeite ich hier.« Er stieß die Antwort in einer hohen Stimme voller Angst aus.

»Aber wenn das tatsächlich der Fall ist, wieso bist du dann geflohen?«

»Weil dein Freund so wütend aussah.« Der

Mensch warf Andrei einen Blick zu, der lächelte. Es war ein schreckliches Grinsen, bei dem der Typ schlucken musste.

»Und warum hast du mich überhaupt angesehen? Hä?«, fauchte sie ihn an.

»Weil ich dich hübsch finde?«

»Dagegen kann man nichts einwenden«, bemerkte Andrei.

»Ich glaube, du lügst.« Sie lehnte sich stärker auf ihren Unterarm und der Kerl begann zu jammern.

»Es tut mir leid. Ich verspreche, dass ich dich nie wieder ansehen werde.« Selbst jetzt konnte er sie nicht anschauen. Man konnte seine Angst förmlich riechen, zusammen mit dem Gestank von Feigheit.

»Du solltest Frauen nicht ansehen, als wären sie ein Stück Fleisch. Niemals. Das ist unhöflich«, knurrte sie.

»Ich werde es nicht wieder tun, versprochen!«, erwiderte er außer Atem.

»Ich denke, du kannst das kleine Kerlchen jetzt loslassen. Er hat seine Lektion gelernt.« Andrei ließ sie in dem Glauben, dass sie ihn in die Schranken verwiesen hatte. Sie brauchte nicht zu wissen, dass er hinter ihrem Rücken das Erdrosseln und Aufschlitzen einer Kehle mimte.

Sie knurrte, als sie den Kerl von sich wegschob, der schnell zum Ausgang am Ende des Korridors huschte. Sie stemmte die Hände in die Hüften, als sie sagte: »Ich habe deine Hilfe wirklich nicht gebraucht.«

»Ganz offensichtlich nicht.«

»Ich kann selbst auf mich aufpassen.«

»Und diesem Typen, der dich angesehen hat, dem hast du es wirklich gezeigt. Bravo.«

Sie schürzte die Lippen.

Er tat sein Bestes, nicht zu lächeln.

»Was ist eigentlich aus den Klamotten geworden, die du anprobiert hast?«

»Die werden gerade abgerechnet. Können wir sie holen oder möchtest du erst noch ein paar weitere Menschen zu Tode erschrecken?«

»Ich? Du bist doch derjenige, der ihn so furchterregend angesehen hat, dass er geflohen ist.«

»Und du musstest ihm natürlich hinterherjagen«, erinnerte er sie, als sie zum Laden zurückgingen, um seinen großen Einkauf abzuholen.

»Das liegt mir eben im Blut. Ich kann einfach nicht anders«, gab sie zu.

»Du bist eben von Natur aus eine Jägerin, und trotzdem hast du dich dazu entschieden, Klempnerin zu werden?«

»Meine Mutter hat als Jägerin für das Rudel gearbeitet. Und sie war ausgesprochen gut. Allerdings hat sie auf ihren Einsätzen ziemlich viel Zeit woanders verbracht und war selten zu Hause.« Sie zuckte mit den Achseln. »Ich wollte so ein Leben nicht.«

Sie ließ dabei die Tatsache unausgesprochen, dass sie sich als junges Mädchen oft einsam gefühlt hatte, weil ihre Mutter nicht da war.

Er legte ihr einen Arm um die Schulter und zog sie kurz an seine Seite. »Vielleicht wärst du besser eine Bärin geworden. Wir streifen nicht weit umher und auch nie lange.«

»Niemand will ein Bär sein.« Sie löste sich aus seinem Arm. »Sie sind groß und haarig und stinken.«

»Das stimmt, aber wenigstens lecken wir uns nicht selbst den Hintern.«

Sie sah ihn überrascht an und fing dann an zu lachen.

Das Geräusch war Musik in seinen Ohren und ein ehrliches Lächeln von ihr wie Sonnenstrahlen, die durch die Wolken brachen. Allerdings hielt ihre Stimmung nur so lange an, bis sie an ihrem Haus ankamen und beim Eintreten feststellen mussten, dass es völlig auf den Kopf gestellt worden war.

Kapitel Sechs

Sie war sprachlos angesichts dieser Verletzung ihrer Privatsphäre.

Die Verwüstung von Hollies Zuhause beschränkte sich nicht nur auf einen Raum. Sie begann in der Eingangshalle, wo alle Mäntel und Schuhe aus ihrem Kleiderschrank gezerrt worden waren. Es ging weiter im Wohnzimmer, wo die Polsterung der Sofas zerrissen und überall auf dem Boden verteilt war. Die Bilder waren von den Wänden gerissen und Löcher in den Putz geschlagen worden. Kein einziges Möbelstück stand noch aufrecht. Bei dem Beistelltisch war die Schublade nicht nur herausgerissen, sondern zerschmettert worden. Ihre Küche war ein einziges Chaos aus Glas und verschütteten Lebensmitteln.

Die völlige Zerstörung machte sie sprachlos. Und wofür?

Es handelte sich nicht um Raub, denn Wertgegenstände wie ihr Fernseher waren zerstört und nicht gestohlen worden. Ihr spärlicher Schmuck lag verstreut überall herum.

»Die Einbrecher haben etwas gesucht. Und ich wette, ich weiß auch was«, bemerkte Andrei wütend.

»Den Schlüssel.« Den sie allerdings nicht zu Hause gelassen hatte. Denn wer auch immer ihr Heim verwüstet haben mochte, musste der Überzeugung gewesen sein, dass sie ihn versteckt hätte, bevor sie gegangen war. Das bedeutete, dass diese Person auch ganz offensichtlich nicht glaubte, dass ihre Tanten im Besitz des Schlüssels waren.

Andrei hockte sich hin, legte eine Hand auf den Boden, beugte sich vor und schnüffelte. »Sie waren zu dritt. Menschen. Zwei Männer. Eine Frau.«

»Das sind ziemlich unspezifische Informationen und es hilft kein bisschen weiter.« Sie erläuterte auch nicht die weiteren Details, die ihr noch aufgefallen waren, nämlich zum Beispiel, dass einer von ihnen zum Frühstück Speck gegessen hatte oder dass die Frau einen Kaugummi mit Pfefferminzgeschmack unter der Sohle kleben hatte.

Stattdessen konzentrierte sie sich mehr auf den Einbruch in ihr Zuhause. In ihre Privatsphäre. Und nur wegen eines blöden Schlüssels.

Sie schürzte die Lippen. »Wenn ich es mir recht überlege, hat uns der Typ im Einkaufszentrum vielleicht doch beobachtet.«

»Und die Information, wo du dich gerade befindest, an die Einbrecher weitergegeben«, stimmte Andrei ihr zu. »Aber woher wussten sie, dass du den Schlüssel überhaupt hast? Deine Tanten wollten doch schließlich vorgeben, den Schlüssel in ihrem Besitz zu haben, sodass diejenigen, die es auf den Schlüssel abgesehen hatten, ihn erfolglos suchen würden. Gibt es vielleicht irgendjemanden, dem sie gesagt haben könnten, dass du den Schlüssel hast?«

Sie schüttelte den Kopf.

»Und in Anbetracht der Tatsache, dass wir heute erst mit unseren Ermittlungen begonnen haben ...« Er beendete den Satz nicht, doch sie wusste auch so, worauf er hinauswollte.

»Glaubst du, Ted hat uns verraten?«

»Er ist der Einzige, mit dem wir darüber geredet haben.«

»Aber ich habe ihm gesagt, dass ich den Schlüssel nicht habe.«

»Vielleicht hat er dir nicht geglaubt.«

»Er würde mich doch nicht an die Menschen verraten«, sagte sie mit Bestimmtheit, obwohl es schon Jahre her war, dass sie zusammen gewesen waren. Und selbst damals hatte er sich nicht gerade als vertrauenswürdige Person erwiesen, wenn man bedachte, dass er sie immerhin betrogen hatte.

»Manche Leute würden für den richtigen Preis sogar ihre eigene Mutter verkaufen.«

»Ich allerdings nicht«, erklärte sie mit Nachdruck.

»Weil du eben kein Arschloch bist«, erwiderte er ernst.

Es war kein Witz und doch lachte sie – allerdings war es ein leises, verbittertes Lachen. »Ich werde Tage, wenn nicht sogar Wochen brauchen, um all meine Sachen zu reparieren oder zu ersetzen.« Wo würde sie einen anderen kostenlosen Küchentisch finden? Sie hatte diesen auf dem Sperrmüll gefunden und ihn dann abgeschliffen und neu gestrichen. Und was war mit dem Sofa? Sie hatte es im Schlussverkauf ergattert.

All die Dinge, für die sie so hart gearbeitet hatte. Einfach zerstört. Tränen traten ihr in die Augen und sie wandte sich ab, damit er es nicht sah.

Aber anscheinend nicht schnell genug.

»Oh, Honigbärchen. Weine nicht.«

»Ich weine nicht«, erklärte sie mit belegter Stimme. »Ich bin stinkwütend.«

»Und dazu hast du auch jedes Recht. Da verhält sich jemand wirklich wie ein Arschloch. Doch das kann alles repariert werden, das verspreche ich dir. Und das geht auch viel schneller, als du glaubst. Wir stellen jemanden an, der uns hilft.«

»Es gibt kein *Wir*. Das ist ganz allein mein Problem.«

»Du scheinst vergessen zu haben, dass ich in die Sache auch involviert bin.«

»Nein, bist du nicht. Es handelt sich hier um mein Zuhause. Um mein Leben. Und alles hier wieder in Ordnung zu bringen ist mir viel wichtiger, als einen alten Schlüssel zu suchen, der dafür sorgt, dass manche Leute völlig durchdrehen.«

»Genau aus dem Grund müssen wir ja herausfinden, was es mit dem Schlüssel auf sich hat. Er bringt Leute dazu, merkwürdige Sachen zu tun.«

»Oder sie werden immer wieder zurückkommen«, erwiderte sie daraufhin düster. Die andere Lösung bestünde darin, den Schlüssel einfach herzugeben und damit das Problem an jemand anderen zu übergeben. Wie ein Feigling davonzulaufen. Sie rieb sich ihre brennenden Augen. »Oh Mann.«

»Würdest du dich vielleicht besser fühlen, wenn du deinen Frust an mir ablässt?«

Sie sah ihn an. Sie hätte schon gern ihren Frust an ihm abgelassen, allerdings nicht mit ihren Fäusten. »Ich bin doch nicht wütend auf dich.«

»Was die Einbrecher da gemacht haben, war wirklich schlimm. Nutze deine Wut dazu, dich auf den nächsten Schritt zu konzentrieren. Während wir daran arbeiten herauszufinden, worum es sich bei diesem Schlüssel handelt und wer ihn haben will, stellen wir ein paar Profis ein, die deine Wohnung wieder in Ordnung bringen.«

»Sagt der reiche Schnösel. Allerdings haben wir nicht alle so viel Geld.«

»Ich kann dir ja aushelfen.«

»Ich brauche keine Almosen.«

»Dann betrachte es als Bezahlung für deine Gastfreundschaft.«

»Du hast eine Nacht als mein Gast hier verbracht – und einen Tag als ein Eindringling.«

»Wenn du mich schon nicht helfen lässt, vielleicht kann ich dir dann wenigstens einen Kredit anbieten?«

»Zu welcher Rate und wie lauten die Rückzahlungsbedingungen?«

»Du kannst zurückzahlen, wie und wann du willst, und die Zinsen bestehen nur aus einem Kuss am Tag.«

Es lag etwas Berauschendes darin, dass er ihr diesen Vorschlag machte. Gleichzeitig war Hollie aber auch beleidigt. »Ich leiste keine Rückzahlung mit sexuellen Gefälligkeiten.«

»Darum würde ich dich auch nie bitten. Aber einen Kuss? Es dauert gerade mal ein paar Sekunden, deine Lippen auf irgendeinen meiner Körperteile zu drücken.«

»Also könnte ich auch deine Hand küssen?«

»Meine Nase. Meine Wangen. Oder ... wo du willst.« Das Grinsen, das er ihr daraufhin schenkte, war mehr als nur anzüglich.

Und das Angebot war verführerisch, besonders weil es ihr gefallen hatte, als sie sich zum Schein geküsst hatten. Andrei musste es ebenso ergangen sein, sonst würde er jetzt nicht so was vorschlagen.

Aber trotzdem ... sie war ja schließlich keine Prostituierte, die sexuelle Gefälligkeiten gegen Bezahlung vornahm. Sie schüttelte den Kopf. »Das ist ein großzügiges Angebot, doch ich kann es nicht annehmen.«

»Das verstehe ich, trotzdem bin ich enttäuscht.

Würdest du mir in diesem Fall wenigstens zugestehen, dass ich dir helfe, die schlimmste Unordnung zu beseitigen?«

Vielleicht solltest du nicht gleich das Kind mit dem Bade ausschütten. Sie konnte förmlich hören, wie ihre Tante Lena ihr das sagte. Das Sprichwort bedeutete, dass man nicht aus stolz dumm werden sollte. Sie nickte und so verbrachten sie den Rest des Nachmittags damit, Müllsäcke zu füllen und wegzuräumen. Und zwar so viele davon, dass sie nicht allzu wütend war, als ein Müllcontainer vor ihrem Haus abgestellt wurde. Sie hatte einfach zu viele Dinge, die sie nicht an den Bordstein stellen konnte.

Sie arbeiteten zwar stundenlang, doch als sie fertig waren, war das Haus fast vollständig leer und sauber. Ein paar Gegenstände hatten überlebt. Zum Beispiel der Küchentisch und die Stühle. Ein paar Plastikteller. Ein paar Klamotten. Aber ihre Matratze war mit einem Messer aufgeschlitzt worden.

Als er mit gerunzelter Stirn das Offensichtliche kundtat: »Hier können wir heute Nacht nicht bleiben«, war ihr das ohnehin schon klar gewesen.

»Ich kann wahrscheinlich bei einer meiner Tanten oder in der Gästesuite im Wohnblock des Rudels wohnen, bis ich wenigstens mein Bett ersetzen kann.« Was wiederum bedeuten würde, dass sie den Tanten erzählen musste, was passiert war. Sie würden durchdrehen. Allerdings mussten sie natürlich trotzdem erfahren, dass bereits jemand hinter dem Schlüssel her war.

»Wenn du dich ihnen nicht aufhalsen willst, könnten wir uns auch ein Hotelzimmer mieten«, schlug er vor.

Sie schürzte die Lippen. »Du kannst das machen. Ich habe andere Alternativen.«

»Bei denen du mich besser einbeziehen solltest. Denn jetzt, nachdem du angegriffen wurdest, werde ich dich keinen Moment lang aus den Augen lassen, Honigbärchen.«

»Könntest du bitte aufhören, mich so zu nennen? Ich heiße Hollie.«

»Aber du riechst nach Honig.«

»Solltest du mich dann nicht lieber Honiglöwin nennen?« Sie zog eine Augenbraue hoch.

»Zu spät. Und außerdem hat das nicht den gleichen Klang. Und für mich bist du eben ein Honigbärchen.«

»Wie kann es jetzt schon zu spät sein? Wir haben uns erst gestern kennengelernt.«

»Ja, aber es fühlt sich so an, als würde ich dich schon ewig kennen.«

Komisch, dass er das sagte, denn es fühlte sich *tatsächlich* so an. »Vielleicht solltest du dir einfach eine neue Partnerin suchen.«

»Mir gefällt aber diejenige, die ich jetzt habe. Und bist du nicht wenigstens ein klein wenig neugierig, warum diese Typen den Schlüssel so verzweifelt haben wollen?«

»Ich bin eher wütend.«

»Gut. Du darfst nicht zulassen, dass diese Arschlöcher ungestraft davonkommen, nachdem sie dein Haus auf den Kopf gestellt haben. Denn sind es nicht gerade die Einbrecher, die für die Reparaturen zahlen sollten?«

Damit hatte er allerdings nicht ganz unrecht. Obwohl sie normalerweise nicht besonders auf Rache aus war. Und sie wurde auch nicht rasend wütend. Das überließ sie denjenigen, die sich die *Schlimmen Schlampen* nannten. Sie war einfach nur Hollie. Die sichere, langweilige, solide Hollie.

Ihr Blick blieb an einem Loch in der Wand hängen. Sie hatten durch den Putz geschlagen, obwohl es offensichtlich war, dass sie dort nichts versteckt haben konnte. Wie hatten sie es wagen können?

»Selbst wenn ich die Menschen erwischen möchte, die dahinterstecken, wüsste ich nicht einmal, wo ich anfangen sollte.« Denn ihre Fährte endete am Bordstein, wo sie offensichtlich in einen Wagen gestiegen waren.

»Vielleicht sollten wir jetzt mal diesem Peter einen Besuch abstatten.«

»Du hast aber gehört, was meine Tanten gesagt haben; wir dürfen ihn nicht foltern, um an Informationen zu gelangen.«

»Wer hat denn etwas von Folter gesagt? Es gibt

noch andere Arten, um an Informationen zu kommen.« Er zwinkerte ihr zu.

»Oh, kommt überhaupt nicht infrage. Ich werde nicht versuchen, diesen Typen zu verführen.«

Daraufhin schnaubte er. »Als würde ich es zulassen, dass du einen anderen Mann anrührst. Nein, ich habe einen besseren Plan.«

»Will ich überhaupt wissen, worum es sich handelt?«

»Vertraue mir, mein Plan wird funktionieren.«

Einem großen, ungehobelten Bären vertrauen? »Du bist unverbesserlich.«

»Aber gut aussehend, richtig?«

Sie schüttelte den Kopf und konnte das Lächeln nicht ganz unterdrücken, das ihre Mundwinkel umspielte. »Ja, und anstrengend bist du auch. Mir tut die Frau jetzt schon leid, die beschließt, dich zähmen zu wollen.«

»Ich bin mehr als nur anstrengend. Und warum solltest du mich zähmen wollen?«

Gute Frage. Irgendetwas an seiner wilden Persönlichkeit zog sie unwiderstehlich an. Es sorgte dafür, dass sie am liebsten alle Vorsicht in den Wind fahren lassen würde. Es machte aus ihr jemanden, der plötzlich, ohne nachzudenken, einfach jemanden verfolgte, so wie heute. Und es brachte ihr Blut in Wallung.

»Und wie lautet der Plan?«, wollte sie wissen.

Wenn sie direkt auf Konfrontationskurs gingen,

würde das wahrscheinlich nur dazu führen, dass man ihnen die Türen vor der Nase zuschlug und sich das Rudel einmischte, also schlug Andrei vor, dass sie einfach das Haus, in dem dieser Peter wohnte, beobachten sollten. Von ihrem Transporter aus, in den eine unglaubliche Menge an Snacks und Getränken passte. Denn das benötigte man anscheinend, wenn man jemanden überwachte.

Aber das Ganze machte sich bezahlt. Schließlich verließ ein Mann, auf den die Beschreibung von Peter passte, das Gebäude und ging forschen Schrittes die Straße hinunter zu einer Kneipe.

»Er wird verfolgt«, stellte Andrei fest, als er die Gestalt sah, die sich aus dem Schatten löste und in unauffälligem Abstand folgte.

Sie kniff die Augen zu Schlitzen zusammen. »Die Frau kenne ich doch«, stellte Hollie überrascht fest. »Zumindest könnte man das behaupten. Wir kennen uns zwar nicht persönlich, doch ich kenne sie vom Sehen. Sie arbeitet seit Kurzem für den Sicherheitsdienst des Rudels. Glaubst du, sie wurde beauftragt, für Peters Sicherheit zu sorgen?«

»Das kommt mir ziemlich wahrscheinlich vor. Oder vielleicht soll sie ihn auch einfach nur im Auge behalten.«

»Wie dem auch sei, wir können uns nicht nähern. Wenn sie uns sieht, wird sie uns verpfeifen.«

»Und was soll sie sagen? Dass wir Peter zufällig in einer Kneipe getroffen und mit ihm ein paar Bierchen getrunken haben? Dagegen hat doch sicher niemand etwas einzuwenden.«

»Wenn du sagst, ein paar Bierchen getrunken ...«

Da war wieder dieses bösartige Grinsen. »Du hast gesagt, wir dürfen ihn nicht foltern. Aber was, wenn ein bestimmter Mann sich betrinkt und ein paar Sachen ausplaudert?«

»Hältst du es für wahrscheinlich, dass er sich mit Fremden betrinken und all seine Geheimnisse verraten wird?«

Er schnaubte. »Du kennst wohl die Männer überhaupt nicht, was? Wir trinken nur ungern allein.«

»Und was ist mit der Person, die ihm folgt?«

»Sie wird das eigentliche Problem sein.«

»Ich werde sie jedenfalls nicht k. o. schlagen!«

Sie verdrehte die Augen. »Und da behaupten die Leute, Bären seien so gewalttätig. Ich habe doch nie verlangt, dass du der Frau etwas tun sollst. Du sollst sie nur ablenken. Ihr ein Bier ausgeben.«

»Ich trinke keinen Alkohol.«

»Dann teilt euch was zu essen. Schließlich gehört ihr zum selben Rudel. Für die Sache kannst du doch sicher so tun, als würdest du dich nur freundlich mit ihr unterhalten wollen.«

Sie starrte ihn an. »Das wird nicht funktionieren.«

»Und warum nicht?«

»Weil ich einfach nicht besonders freundlich bin.« Im Gegensatz zu den meisten Leuten des Rudels vermied sie größere Ansammlungen, wann immer es möglich war. Und sie hatte auch kein Interesse daran, sich ständig mit irgendwelchen Leuten zu treffen.

»Jetzt sei doch nicht albern, Honigbärchen. Du hast eine ganz tolle Persönlichkeit.«

»Ich hätte dich nicht für einen Lügner gehalten.«

Er lachte und das Geräusch hallte laut und schallend durch ihren Wagen. Und doch gefiel es ihr irgendwie. »Du hast zum Beispiel einen ganz tollen Sinn für Humor.«

»Das nennt sich Sarkasmus.«

»Und so manch einer mag das.« Er hob mit dem Zeigefinger ihr Kinn an und starrte zu ihr hinab. Ein kleines Lächeln umspielte seine Mundwinkel. »Du bist wirklich etwas Besonderes, Honigbärchen.«

Sie freute sich über sein Kompliment. Doch die Freude hielt nicht lange an, denn Andrei öffnete die Tür auf seiner Seite und ihr Transporter knarrte, als er ausstieg.

»Das ist wirklich eine verdammt schlechte Idee«, knurrte sie.

»Aber nur, wenn sie nicht funktioniert. Ich gehe als Erster rein. Warte ein paar Minuten, bevor du nachkommst.«

Sie lehnte sich an ihren Wagen, als er die Straße hinaufschlenderte, ein großer, stämmiger, furchtloser Mann, der in ihr die seltsamsten Gefühle auslöste.

Und damit meinte sie nicht nur Verlangen.

Er sah etwas in ihr. So wie sie langsam erkannte,

dass in ihm mehr steckte als nur der ungehobelte Bär. Er war liebenswürdig. Fürsorglich. Aufgeschlossen.

Er verhielt sich wahrscheinlich bei allen Frauen so. Sie war nichts Besonderes. Und doch hätte sie gern der Versuchung nachgegeben. Um zu sehen, wie es wäre, wenn auch nur für einen Moment, sich von der wilden Leidenschaft mitreißen zu lassen, die er verhieß.

Um nicht die immer zuverlässige und leicht einzuschätzende Hollie zu sein.

Minuten vergingen und Andrei tauchte nicht wieder auf. Genauso wenig wie Peter oder die Frau, die ihn verfolgte.

Sie holte tief Luft und schlenderte zur Kneipe. Das Etablissement gehörte Menschen und sie wurde sofort von dem Geruch nach Bier, altem und frisch gebratenem Essen und Menschen erschlagen.

Abends schien das Lokal recht voll zu sein, deshalb musste sie sich erst mal umsehen. Sie sah keinen freien Tisch, aber es war ja wohl normal, sich erst mal nach jemand Bekanntem umzusehen.

Ihr Blick fiel auf die Frau, die Peter verfolgte, und sie lächelte, als sie auf sie zuging. »Hey, was machst du denn hier?«

Die Frau sah sie kurz an und runzelte dann die Stirn. »Äh, ich bin hier, um etwas zu essen. Und du?«

»Ich auch. Ich bin gerade nicht weit von hier mit ein paar Sanitärarbeiten fertig geworden.« Sie setzte sich. »Ich kenne dich bis jetzt nur vom Sehen. Ich heiße Hollie.«

»Nora.«

Und so kam es, dass sie zum ersten Mal so tat, als wäre sie freundlich zu jemandem.

Und es war gar nicht so schwer, wie sie gedacht hätte. Sie konnte nur hoffen, dass es Andrei ähnlich ging.

Kapitel Sieben

LUCKY WORM STAND AUF DEM ETIKETT AUF DER nun fast leeren Tequila-Flasche, die vor ihm und seinem neuen Freund Peter stand.

»Und du hast noch nie das Land verlassen?«, fragte Andrei. Er hatte heimlich Fragen in das Gespräch eingebaut und versucht, Peter dazu zu bringen, seine Geheimnisse zu verraten.

Da der Mann keine lose Zunge hatte, hörte es sich langsam gut an, ihn auszuweiden und ihm seine Eingeweide zu zeigen. Andrei kam nicht weiter.

»Ich war schon hier und dort in den USA, hatte aber nie die Zeit oder Lust, woanders hinzureisen.«

Wenn er jetzt gerufen hätte: »*Du Lügner*«, wäre damit die Katze aus dem Sack gewesen. Es hätte verraten, dass Andrei mehr über Peter wusste, als es der Fall hätte sein dürfen. Und dass das Ganze hier keine zufällige Begegnung war.

Oder hatte Peter das vielleicht sogar schon erraten? Er schien ehrlich zu sein. Freundlich. Plausibel. Doch Andrei kannte die Wahrheit. Der Mensch schlug sich wie ein Profi.

»Stehst du auf Antiquitäten?«, fragte Andrei unverblümt.

»Nö. Ich kaufe lieber neue Sachen.« Peter rümpfte die Nase und schenkte ihnen noch einen Schnaps ein. Tequila ohne Salz und ohne Limone. Es schmeckte wie warme Pisse und trotzdem war es erstaunlicherweise nicht das schlimmste Zeug, das Andrei je getrunken hatte. Onkel Yogis Schwarzgebrannter? Nun, das war richtig hartes Zeug.

»Ich mag alte Sachen. Ich sammle sogar ein wenig. Ich habe einen siebenundsechziger Barracuda. Irgendein antiker Schreibtisch mit dieser rätselhaften Schublade, die ich nicht aufbringen kann. Man braucht dafür sicher einen Schlüssel, glaube ich, aber der ist schon lange verschwunden. Und meine Mutter will nicht, dass ich das Ding mit der Axt aufschlage.«

»Hol dir doch den Schlüsseldienst. Die können das Schloss mit dem Dietrich öffnen und einen neuen Schlüssel anfertigen, wenn du einen haben willst. Noch einen Tequila?« Peter stupste das Glas an und Andrei hätte am liebsten geseufzt. Er nahm das Glas und drehte sich halb um, um sich auf die Theke zu stützen, wobei sein Blick zu Hollies Hinterkopf wanderte.

Er konnte nicht anders, als sich nach ihr umzusehen. Er kippte das Schnapsglas mit Pisse zurück. Igitt. Es schwappte in seinen Bauch. *Mentale Notiz an mich selbst: Nächstes Mal kaufe ich eine Flasche Schnaps.* Richtiger Schnaps war nicht so leicht zu verhunzen und hinterließ nicht so einen schlechten Geschmack, wenn er wieder hochkam.

Und das Zeug hier würde ihm gleich wieder hochkommen. Besser jetzt, durch das obere Ende, als morgen, durch das andere Ende, wo es brannte. Selbst seine Gestaltwandler-Seite wollte diesen Mist nicht verdauen.

»Ich bin gleich wieder da. Ich muss nur schnell pinkeln.«

Als er zurückkam, sah er, dass sein Tequilaglas wieder aufgefüllt worden war und Peter die Leute in der Kneipe beobachtete, wobei sein Blick auf den Tisch mit Hollie und Peters Verfolgerin gerichtet war.

»Bist du verheiratet?«, fragte Peter, als Andrei sich wieder auf den Barhocker neben ihn setzte.

»Nein.«

»Ich hätte einmal fast geheiratet. Da bin ich gerade noch mal rechtzeitig davongekommen.«

»Ich hätte nichts dagegen, sesshaft zu werden.« Er fragte sich, was Hollie zum Lachen gebracht hatte, als er sah, wie ihr Körper sich schüttelte. Er hätte schwören können, dass er es hörte.

»Ich bin eher so ein Weltenbummler.«

»Hattest du nicht gerade gesagt, du hast das Land noch nie verlassen?« Aha, sein Plan, diesen Menschen betrunken zu machen, funktionierte. Er war derjenige, der zuerst das Schnapsglas hob. »Du solltest nach Russland kommen.«

»Stammst du daher?«

»*Jupp*. Ich bin dort geboren und aufgewachsen.«

»Und warum bist du hier?«

»Ich bin ein Bräutigam aus dem Katalog. Freund, genau genommen. Ich habe ein Mädchen online kennengelernt. Bin hierhergekommen, um Zeit mit ihr zu verbringen.«

Peter sah ihn an und schnaubte. »Blödsinn.«

»Du denkst, ich bin nicht attraktiv genug, um ausgewählt zu werden?« Er leerte sein Getränk auf ex. Dann goss er nach.

»Ich halte es wirklich für sehr unwahrscheinlich.«

»Du hast recht. Ich habe gelogen. Ich bin eigentlich ein sowjetischer Spion, der hier nach einem Mann sucht, der Informationen über einen versteckten Schatz hat.«

»Ein Spion, der in einer Kneipe sitzt und sich mit mir betrinkt? Versuchs noch mal.«

»Ich bin Computerprogrammierer, der aus Russland herübergebracht wurde, um eure Wahlen zu manipulieren.«

»Ha, ha. Das war bis jetzt noch der beste Witz. Möchtest du noch einen Tequila?« Peter schenkte nach, wandte sich dann aber ab, bevor er trank, und blickte erneut zu den Frauen rüber.

Andrei stieß seinen neuen Freund in die Seite. »Du solltest rübergehen und Hallo sagen.«

»Die scheinen aber ziemlich beschäftigt zu sein. Und die in dem schwarzen T-Shirt sieht so aus, als könnte sie mir den Hintern versohlen.«

Moment, Hollie hatte kein schwarzes T-Shirt an. »Ich finde sie ziemlich hübsch.«

»Dann solltest du mir vielleicht Rückendeckung geben und dich um sie kümmern, während ich die andere anbaggere.«

»Das geht nicht.«

»Wieso nicht? Kennst du sie vielleicht?«

»Nein.« Da Andrei es ein wenig zu voreilig gesagt hatte, fügte er schnell hinzu: »Aber ich würde sie gern kennenlernen. Deswegen kannst du sie nicht haben.«

»Tequila?« Peter wandte sich wieder der Theke zu, um den Tequila einzuschenken, während er Hollie im Auge behielt.

Der Gedanke, dass ein anderer Mann mit ihr flirtete, gefiel ihm nicht. Andrei schnappte sich das Glas und stürzte die Flüssigkeit hinunter.

Er verzog das Gesicht. Blinzelte. Die ekelhafte Brühe machte ihm zu schaffen. Vielleicht sollte er besser noch einmal auf die Toilette gehen.

»Was machst du eigentlich beruflich?«, fragte Peter ihn.

»Ich liefere Lebensmittel.« Das war eine ziemlich ehrliche Erklärung.

Peter lachte verächtlich. »Wie ich sehe, machst du

ganz Karriere, Junge.«

Der Mensch hatte ihn falsch verstanden und Andrei war es eigentlich egal, also machte er sich nicht die Mühe, ihn aufzuklären. »Und was machst du so?«

»Alles Mögliche. Man könnte sagen, ich bin Geschäftsmann. Sollen wir noch einen trinken?«

Das konnte er nicht ablehnen, ohne unmännlich dazustehen. Also tranken sie so lange weiter, bis Andrei feststellte, dass er langsam Probleme bekam, sich zu konzentrieren. Nur gut, dass er sich an der Theke abstützen konnte, denn er schien ein wenig aus dem Gleichgewicht zu sein.

Er sah die Tequilagläser, die in einer Reihe vor ihm standen, zuerst verschwommen und dann doppelt, als sein neuer Freund Peter sagte: »Auf was sollen wir als Nächstes anstoßen?«

»Auf die Frauen«, lallte Andrei. Obwohl er dabei nur eine einzige im Kopf hatte.

Peter und er stießen an und tranken auf ex. Dafür, dass er ein Mensch war, hielt Peter sich wirklich gut. Viel besser als Andrei.

Das Verhör verlief nicht so gut. Egal wie sehr Andrei sich auch Mühe gab, Peter log weiter. Er log darüber, niemals in Russland gewesen zu sein. Behauptete, er sei ein Einzelkind.

Also tranken sie noch etwas mehr. Und immer noch rutschte Peter keine Information heraus.

Vielleicht war ein Besuch in einer nahe gelegenen Gasse angebracht.

Wenn Andrei aufrecht stehen könnte.

Er fiel fast vom Stuhl, als Peter ihm auf den Rücken klopfte und sagte: »Das hat ziemlich viel Spaß gemacht, aber jetzt muss ich ins Bett. Ich muss morgen früh raus.«

»Tschüss, mein Freund.« Er drehte sich um und sah, wie Peter die Kneipe verließ, ohne dabei auch nur das kleinste bisschen zu schwanken. Schon bald war ihm auch seine Verfolgerin wieder auf den Fersen. Wenig später gesellte Hollie sich zu ihm an den Tresen.

»Und?«, zischte sie. »Was hast du herausgefunden?«

»Dass du wunderschön bist.« Aufgrund der vielen Tequilas, die er intus hatte, kam sein russischer Akzent jetzt ein wenig zum Vorschein, den er normalerweise unterdrückte.

»Du bist betrunken.«

»Aber nicht blind«, erwiderte er.

»Verschwinden wir von hier. Ich glaube, du kannst ein bisschen Frischluft vertragen.«

»Ich bin nicht betrunken«, lallte er, als er versuchte aufzustehen und das Zimmer sich drehte. Ganz offensichtlich hatte ein Asteroid die Erde getroffen und aus der Bahn geworfen. Er hielt sich auf den Beinen, aber Hollie machte sich anscheinend Gedanken darüber, dass sie umfallen könnte, denn sie lehnte sich gegen ihn und legte ihm einen Arm um die Taille.

Sie kamen bis zur Tür, doch dann mussten sie sich

voneinander trennen, um hindurchzupassen. Draußen schwankte der Bürgersteig, als befänden sie sich auf einem Boot.

»Sind wir beim Segeln?«, fragte er.

»Nein. Komm schon, mein Wagen steht ein Stück weiter die Straße runter.«

Er machte einen Schritt und wieder schwankte die Welt um ihn herum.

»Boah.« Er wedelte mit den Armen, um sein Gleichgewicht nicht zu verlieren.

»Im Ernst?«, murmelte sie, als sie sich wieder unter seinen Arm duckte, ganz offensichtlich ziemlich verängstigt von der Tatsache, dass die Erde so merkwürdig schwankte. Denn ein großer, starker Bär brauchte keine Hilfe beim Gehen.

Da, bitte. Es funktionierte ganz ausgezeichnet. Er musste nur einen Fuß vor den anderen setzen ... okay, vielleicht setzte er sie eher ein wenig seitlich, aber immerhin ging er vorwärts.

Ups. Wer hatte die Straßenlaterne vor ihn hingestellt? Sie zog ihn daran vorbei und sie gingen trotz des schwankenden Bodens weiter.

»Hast du etwas herausgefunden?«, fragte sie ihn.

»Ja, dass amerikanischer Schnaps stärker ist, als ich gedacht hätte.«

»Weil du viel zu viel getrunken hast, du Idiot.«

»Das war seine Schuld«, protestierte er lallend. »Er hat einfach immer wieder nachgegossen.«

»Und du hast einfach immer weiter getrunken.«

»Ich wollte nicht unhöflich sein.«

»Hat er dir irgendetwas über den Schlüssel erzählt?«

»Nein, er hat so getan, als sei er ein normaler Mensch, der ausgegangen ist, um einen zu trinken. Er hat sogar behauptet, das Land nie verlassen zu haben«, erklärte er, wobei er die Konsonanten knurrend aussprach.

»Könnte sein, dass er es vergessen hat. Die Tanten behaupten, er sei für sechs Monate verschwunden und hatte das Gedächtnis verloren, als er wiederaufgetaucht war.«

»Was für ein glücklicher Zufall«, erklärte Andrei.

»In der Tat. Allerdings bedeutet die Tatsache, dass er sich an nichts erinnert, dass wir wieder in einer Sackgasse stecken.«

»Ich werde nicht aufgeben!«, verkündete er.

»Pass auf, wo du hintrittst. Wir sind fast da.«

Er hob den Blick und sah zwei identische Transporter, die am Straßenrand geparkt waren. Hatte sie sich seit seinem Verhör von Peter etwa geschäftlich vergrößert?

Als sie sich dem Wagen näherten, fragte sie: »Wo willst du jetzt hin?«

»Ins Bett.«

»Das ist offensichtlich. Aber wo?«

»Ins Bett mit dir.«

»Mein Bett ist doch kaputt, erinnerst du dich? Und jetzt ist es schon zu spät, um noch bei jemandem aufzutauchen.« Sie seufzte. »Wahrscheinlich hätten wir uns besser darum kümmern sollen, bevor du dich betrunken hast.«

»Ich bin nicht betrunken. Nur ein wenig angeheitert.« Der Bordstein war höher, als er gedacht hätte, und er geriet aus dem Gleichgewicht, wobei die Stoßstange ihres Wagens ihn abfing. Er setzte sich darauf und der Wagen stöhnte unter seinem Gewicht.

»Wahrscheinlich könnten wir in einem Motel absteigen.«

»Ja.« In Motels gab es Betten, und er brauchte dringend eins. Es fiel ihm nicht leicht, die Augen offen zu halten, was ihm ein wenig Sorgen bereitete. Er war noch nie so betrunken gewesen und hatte trotzdem weiter getrunken. Er wusste ganz sicher, dass amerikanischer Alkohol nicht so stark war wie das Zeug, das in seinem Heimatland serviert wurde. Warum drehte sich also alles um ihn herum?

Als sie die Türen im Heck des Wagens aufmachte und ihm befahl einzusteigen, versuchte er, sich zu konzentrieren. Das war falsch. Ganz falsch. Der hintere Teil ihres Wagens war voller Sachen, doch er fand ein Plätzchen und ließ sich fallen.

Er hörte noch vage, wie sie auf der Fahrerseite einstieg und etwas darüber murmelte, dass er nichts vertrug.

Schon wieder. Irgendetwas daran schien nicht zu stimmen. Sein Magen drehte sich. Oh, oh. Er tat etwas Unmännliches und griff nach einem Eimer.

Das anschließende heftige Würgen führte dazu, dass der Wagen abrupt zum Stehen kam, was seinem sich ohnehin schon drehenden Kopf überhaupt nicht guttat.

Und dann begann die Standpauke. »Verdammt noch mal, kannst du nicht draußen kotzen? Wehe, du machst meine Werkzeuge dreckig. Was zum ...« Sie hielt mitten im Satz inne. »Jemand hat gerade hinter uns geparkt. Ich glaube, er kommt rüber, um nachzusehen, ob wir in Ordnung sind. Ich sollte mich mal besser darum kümmern.«

Sie stieg aus dem Wagen aus und ungeachtet seines Kopfes, der sich drehte, und seines Bauches, der immer noch rebellierte, setzte Andrei sich taumelnd auf.

Gefahr.

Gefahr.

Er fühlte sich wie Will Robinson mit dieser sich ständig wiederholenden Nachricht.

Er konnte das leise Gemurmel der Stimme seines Honigbärchens hören, während sie mit jemandem sprach. Dann die Verärgerung in ihrer Stimme. Dann das dumpfe Geräusch von etwas, das gegen den Wagen schlug.

Wagte es da etwa jemand, sein Honigbärchen zu schlagen?

Knurr!

Er hatte keinerlei bewusste Gedanken, sondern

handelte rein instinktiv, als er auf vier Pfoten aus dem hinteren Teil des Wagens stürzte.

Mit seinem verschwommenen Blick bemerkte er zwei Männer – oder waren es drei? –, die Hollie gegenüberstanden. Sie starrten ihn an, weil er so prächtig aussah, dann drehten sie sich um und liefen schreiend davon, als er knurrte und dann angriff.

Es wäre vielleicht noch beeindruckender gewesen, wenn er in seiner Trunkenheit nicht gestolpert und mit seiner Schnauze im Dreck gelandet wäre.

Die Menschen entkamen und sein Honigbär hockte sich mit einem Seufzer neben ihn.

»Du großer, dummer Idiot. Bringen wir dich lieber irgendwohin, wo du in Sicherheit bist.«

Er gehorchte der sanften Stimme und landete so wieder hinten in ihrem Wagen. Wenig später lag er im Bett.

Er träumte von Honig. Er leckte und leckte und war wahnsinnig glücklich.

Er ignorierte das Summen und Schwirren der Bienen. Sie stachen ihn. Pikten ihn. Sie schwirrten um ihn herum und bildeten immer neue Formen mit ihrem Schwarm.

Eine ganz bestimmte Form.

Die Konfiguration war vertraut.

Warum war sie ihm vertraut?

Dann wurde es ihm klar und er setzte sich im Bett auf und schrie: »Ich weiß, wo ich das schon mal gesehen habe!«

Kapitel Acht

Sein Aufschrei sorgte dafür, dass Hollie aus dem Bett sprang, die Rohrzange in der Hand und kampfbereit, nur um festzustellen, dass ihr riesiger Bär aufgewacht war und jetzt mit unordentlichem Haar, wildem Blick und nackt im Bett saß.

»Wer hat jetzt Albträume?«, grummelte sie und ließ sich wieder auf ihr Kissen fallen, das ziemlich stark nach Bleichmittel roch.

»Ich hatte keinen Albtraum, sondern eine Eingebung. Ich weiß jetzt wieder, woher ich das Symbol auf dem Schlüssel kenne.«

»Welches Symbol?«, fragte sie, als ihr klar wurde, dass sie so schnell nicht wieder einschlafen würde. Sie richtete sich auf und lehnte sich an das Kopfteil des Bettes.

»Ich zeige es dir. Wo ist der Schlüssel noch mal?«

»Gut versteckt.« Und sie hatte nicht vor, jemandem zu verraten, wo.

»Dann zeig mir bitte das Bild.«

Sie rollte sich auf die Seite und griff nach ihrem Handy, entsperrte es, um auf die Fotos zugreifen zu können, und streckte die Hand aus, um es ihm zu geben. Statt danach zu greifen, stellte er sich mit seinem nackten Hintern und anderen baumelnden Teilen viel zu nahe neben sie und machte fröhliche Knurrgeräusche. »Ja, das ist es.« Er hielt ihr das Handy wieder hin. »Siehst du die Linie hier und hier?« Er zeigte auf das Display. Sie gähnte.

»Natürlich. Was ist damit?«

»Das habe ich schon mal gesehen. Und zwar in einem Buch, das ich als Kind hatte.«

Damit hatte er ihre Aufmerksamkeit geweckt. »Und wie hieß das Buch?«

Er runzelte die Stirn. »Ich weiß es nicht mehr. Mein Kindermädchen hat es mir immer vorgelesen.«

»Dann ruf sie an und frag sie.«

»Das geht nicht. Sie ist schon längst verschwunden und ich weiß nicht wohin. Ich weiß noch, dass meine Mutter sich immer darüber beschwerte, wie viel sie ihr bezahlte. Sie war ziemlich effizient und deswegen war sie gleichzeitig unser Kindermädchen und unsere Lehrerin, bis wir alt genug waren, um zur Schule zu gehen.«

»Es spielt keine Rolle, wie lange sie bei euch war. Wir brauchen nur ihren Namen.«

»Kindermädchen.«

»Ihren richtigen Namen.«

Er zuckte mit den Achseln. »Ich war jung. Wir haben sie immer nur unser Kindermädchen genannt.«

»Also, das hilft uns auch nicht weiter. Erinnerst du dich noch an die Geschichte? Vielleicht kann ich dann den Titel im Internet aufstöbern.«

Er setzte sich mit gerunzelter Stirn an den Bettrand. »Es ist schon ziemlich lange her. Es ging dabei um irgendeine Suche. Als Kind fand ich die Geschichte ziemlich langweilig, weil weder Krieg noch Gewalt darin vorkamen. Aber meine Schwester«, er machte eine Pause, »hat die Geschichte geliebt.«

Das war immerhin ein richtiger Hinweis. »Wir müssen dieses Kindermädchen finden.«

»Sie könnte überall sein.«

»Na und? Es spielt wirklich keine Rolle, wo sie sich befindet, wir müssen sie besuchen. Wir brauchen nur ihren Namen und ein paar andere grundlegende Informationen, um sie ausfindig zu machen.«

»Ich habe dir doch schon gesagt, dass ich nicht weiß, wie sie heißt.«

»Dann frag deine Mutter. Sie erinnert sich wahrscheinlich daran.«

Daraufhin schüttelte er nachdrücklich den Kopf. »Nein. Wir können sie nicht anrufen.«

»Und warum nicht?«

»Sie ist alles andere als glücklich darüber, dass ich Russland verlassen habe.«

»Aber du hattest doch einen guten Grund.«

»Wir können sie nicht anrufen«, entgegnete er mit großem Nachdruck.

»Und woher können wir uns dann sonst die Informationen über das Kindermädchen verschaffen?«

Er schürzte nachdenklich die Lippen. »Was du da von mir verlangst, ist unmöglich. Es muss einen anderen Weg geben. Vielleicht erinnere ich mich in meinem nächsten Traum an ihren Namen.«

Hatte Andrei wirklich so große Angst davor, seine Mutter anzurufen?

Was, wenn Hollie ihn bestach?

»Wenn du es tust, gebe ich dir einen Kuss.«

»Wirklich?« Erst hellte sich sein Gesicht auf, doch dann verdüsterte es sich wieder. »So sehr mich das auch reizt, ich muss leider Nein sagen.«

»Einen langen Zungenkuss.«

»Argh. Warum musst du mich so quälen, Honigbärchen?« Er ging in dem schmalen Gang zwischen den beiden großen Betten auf und ab und quälte sie mit all seiner nackten Haut.

»Geh duschen und denk dabei darüber nach.«

»Ich brauche etwas zu essen.« Er fuhr sich mit der Hand durchs Haar.

»Aber dazu brauchst du erst mal Klamotten.« Glücklicherweise war es ihr gelungen, trotz der Verwüstungen ein paar Kleider aus ihrer Wohnung zu retten. Und seine waren noch immer in der Tüte des Kleidungsgeschäfts.

Sie zeigte auf den Kleiderhaufen, der auf dem Tisch neben dem Fenster lag.

»Warum bin ich nackt?«, fragte er, als würde es ihm gerade erst klar werden. »Und wie bin ich überhaupt hierhergekommen?«

»Du hast dich gestern Abend mit Peter betrunken.«

»Das ist unmöglich.«

»Und das von dem Typen, der zuerst in meinem Transporter in Ohnmacht gefallen ist und sich dann übergeben hat, bevor er den wilden Bären markiert hat.«

»Ich habe mich verwandelt?« Er zog die Augenbrauen so hoch, dass sie sich fast auf seiner Stirn trafen.

»Allerdings. Ich hoffe nur, dass niemand deinen haarigen Hintern dabei gefilmt hat.«

»Das hätte nicht passieren dürfen.« Es schien ihm fast peinlich zu sein.

»Du warst wirklich sehr betrunken.«

»Das ergibt überhaupt keinen Sinn. Ich trinke schon Alkohol, seit ich ungefähr so groß bin.« Er hielt seine Hand auf eine Höhe, die ein geringes Alter andeuten sollte. »Ich wurde quasi mit Wodka großgezogen. Ich war auf Sauftouren, die tagelang gedauert haben, und bin kein einziges Mal ohnmächtig geworden.«

Sie runzelte die Stirn. Ihr war es ebenfalls merkwürdig vorgekommen, dass er so betrunken gewesen war, und dann auch noch so schnell. »Glaubst du, jemand hat dir irgendetwas in dein Getränk getan? Aber wie? Und wer?«

»Peter«, grummelte er.

So musste es gewesen sein, und das bedeutete, dass dem Mann offensichtlich klar gewesen war, dass Andrei ihn verhören wollte. »Ich glaube, wir sollten uns noch mal mit dem Mann unterhalten.«

»Allerdings.« Andrei schlug sich mit der Faust in die Handfläche. »Aber nach dem Frühstück.«

»Und du solltest auch erst mal duschen.« Sie sah ihn mit gerümpfter Nase an.

»Sollen wir Wasser sparen und zusammen duschen?«, fragte er hoffnungsvoll.

»Ich bezweifle stark, dass wir zusammen in die Kabine passen.« Und als sie sein breites Grinsen sah, wurde ihr ein wenig zu spät klar, dass sie ihm keine klare Absage erteilt hatte.

»Wir könnten es versuchen.«

Sie schüttelte den Kopf. »Kommt überhaupt nicht infrage, du stinkst nach Erbrochenem.«

Als sie ihm das sagte, sah er sie böse an und stampfte ins Badezimmer. Das war auch gut so, denn so viel nackter Andrei beeinträchtigte ihre Sinne. Sie war halb versucht, sich ihm anzuschließen und seinen Rücken einzuseifen. Dann seine Vorderseite. Und wer wusste, wohin das führen würde ...

Sie betrachtete das zerwühlte Bett.

Sie sollte das eigentlich wirklich nicht tun, auch

wenn sie das Gefühl hatte, dass es nur eine Frage der Zeit war, bis es schließlich doch passierte.

Während er duschte, meldete sie sich bei Tante Lacey. Sie hatte am Abend zuvor eine SMS mit ihrem Standort an ihre Tanten geschickt, weil sie wusste, dass sie sich sonst Sorgen machten. Obwohl sie sich nicht so sehr um sie kümmerten wie um ihren Neffen/Sohn Lawrence, hatte sie schon mehr als einen wohlmeinenden Tantenbesuch bekommen.

Tante Lacey antwortete. »Hollie, wie hast du geschlafen?«

»Gut.«

»Nur gut, obwohl dieser unglaubliche Kerl bei dir ist?«, neckte Lacey sie.

»Freu dich nicht zu früh, denn es ist nichts passiert. Es könnte sein, dass Andrei unter Drogen gesetzt wurde.«

»Was? Von wem? Wann? Und wie?«

»Peter.«

»Erzähl mir besser, was genau passiert ist.«

Hollie erklärte es ihr schnell und Lacey wurde plötzlich ganz schweigsam. »Ich befürchte fast, dass wir uns diesbezüglich gegen Lawrence' Anweisungen durchsetzen und den Jungen befragen müssen. Er belügt uns.«

»Ganz offensichtlich.«

»Ich gebe alles, was du mir erzählt hast, an Lena weiter. Sie wird wissen, was zu tun ist.«

»Vielleicht solltet ihr euch auch jemand anderen

für den Schlüssel suchen. Bis jetzt habe ich ja noch keine sonderlich gute Arbeit geleistet.« Was ziemlich enttäuschend war. Für jemanden, der diese blöde Aufgabe eigentlich gar nicht übernehmen wollte, war sie jetzt trotzdem von ihrem Versagen ziemlich betroffen und insgesamt entmutigt.

»Dachtest du, es würde leicht werden?«

»Nein, aber bis jetzt haben wir nur einen vagen Hinweis, der etwas mit Andreis früherem Kindermädchen zu tun hat.« Das sollte sie wohl besser erklären.

»Hollie, wie kannst du behaupten, keine gute Arbeit geleistet zu haben, wenn du die Erste bist, die überhaupt etwas erfahren hat?«

»Habe ich das?«

»Du musst dich unbedingt mit weiteren Nachforschungen über das Buch beschäftigen, während wir uns um Peter und die Leute kümmern, die in dein Haus eingebrochen sind.«

»Aber mein Job ...«

»Der wartet hier auf dich, bis du mit deinem Einsatz fertig bist. Wir brauchen wirklich jemanden, der sich darum kümmert, Hollie.«

»Aber warum ausgerechnet ich? Warum nicht eine von den Schlimmen Schlampen?« Sie waren es nämlich, die sich normalerweise um die Belange des Rudels kümmerten.

»Weil wir wissen, dass wir dir vertrauen können, dass du dir den Kopf nicht verdrehen lässt. Ganz zu schweigen davon, dass du die Einzige bist, die in der

Lage zu sein scheint, mit Andrei zu arbeiten, ohne zu versuchen, aus ihm einen Bettvorleger zu machen.«

Sie blinzelte. »Willst du damit etwa behaupten, dass ich nicht die Erste bin, mit der ihr ihn zusammengesteckt habt?«

»Niemand sonst hat auch nur eine Stunde lang durchgehalten.«

»Weil er verrückt ist.«

»Er ist eben ein Bär.« Als wäre das Erklärung genug.

Hollie seufzte. »Für diese Sache schuldest du mir aber einiges.«

»Würde es helfen, wenn ich dir jetzt schon sage, dass ich darüber nachdenke, mein Badezimmer renovieren zu lassen?«

»Nur wenn du keinen Preisnachlass für Freunde und Familie erwartest.«

»Braves Mädchen«, erwiderte Lacey voller Zuneigung. »Amüsier dich gut.«

Sich amüsieren? Sie legte auf und blickte zur Badezimmertür hinüber. Am liebsten hätte sie laut gelacht, weil diese Bemerkung so abwegig war. Und trotzdem stimmte es, sie amüsierte sich *tatsächlich*.

Besonders als er nur mit einem kleinen Handtuch bekleidet, das er mit einer Faust festhielt, aus der Dusche kam.

Sein Oberkörper glänzte noch von Feuchtigkeit.

Sie war plötzlich sehr durstig. Sie hob den Blick und sah, dass er sie beobachtete. Sein Gesichtsausdruck war feurig und sie wusste, dass es nur die kleinste Aufforderung brauchte, damit er sie küsste.

Sie leckte sich über die Lippen. Er machte einen Schritt auf sie zu.

Ein einziges Mal wünschte sie sich, sie wäre so mutig wie ihre Cousinen und Tanten. Dass sie sich ihm an den Hals werfen und sich einen Kuss holen könnte. Denn sie wollte einen haben.

»Was ist denn los, Honigbärchen?«

»Gar nichts.«

»Das sieht mir aber nicht so aus. Du scheinst verwirrt zu sein.«

»Bin ich auch.«

»Das verstehe ich. Es muss ziemlich schwer sein, sich so zu mir hingezogen zu fühlen. Schließlich bin ich, wie ihr Amerikaner sagt, eine ziemlich gute Partie. Und trotzdem sind wir völlig verschieden, wir leben nicht mal im gleichen Land. Wie sollte das Ganze funktionieren? Würden wir hierbleiben? Nach Russland zurückkehren? Mal hier und mal dort leben?«

Je mehr er sprach, desto mehr sah sie ihn ungläubig und ohne zu blinzeln an. »Was?«

Er war er jetzt nahe genug, dass er den Arm ausstrecken und ihr Kinn anheben konnte. »Hör auf, dich dagegen zu wehren. Es ist völlig normal.«

»Wo wir gerade darüber reden, was normal ist.« Sie schlug ihn so fest in den Bauch, dass er keuchte. Er beugte sich sogar ein wenig vornüber, was sie zum

Lächeln brachte. »Danke, dass du mich daran erinnert hast, wie eingebildet du bist.«

»Ist es denn Einbildung, wenn es der Wahrheit entspricht?«

Sie sah ihn ungläubig an. Dieser Typ war wirklich nicht zu fassen. Aberwitzig.

Ein Lächeln umspielte seine Mundwinkel und sie konnte nicht umhin, es zu erwidern.

»Du treibst es wirklich zu weit mit mir.«

»Noch nicht, aber das würde ich gern. Aber jetzt haben wir leider nicht die Zeit dazu. Die Leute, die den Schlüssel suchen, werden uns bald gefunden haben. Und bevor das der Fall ist, sollten wir von hier verschwinden.«

Als sie sich endlich beide fertig gemacht hatten und bereit waren zu gehen, knurrte ihr Magen. Sie hatte sich an die riesigen Portionen gewöhnt, die Andrei immer bestellte, und war deswegen schockiert, als er nichts weiter aß als ein Bauernfrühstück.

»Anscheinend fühlst du dich wirklich nicht gut. Hast du immer noch einen Kater?«

Er grunzte.

Der wirkliche Grund für sein Unwohlsein wurde erst nach dem Frühstück offenkundig, als er mit schmerzlichem Gesichtsausdruck verkündete: »Ich muss meine Mutter anrufen.«

»So schlimm wird es schon nicht werden.«

»Sogar noch viel schlimmer«, erwiderte er düster. Sein mürrischer Gesichtsausdruck brachte sie dazu, sich auf die Zehenspitzen zu stellen und ihm einen sanften Kuss zu geben, und zwar so schnell, dass er keine Zeit hatte zu reagieren. Er sog nur scharf die Luft ein.

»Sei ein braver Bär und ruf an. Wenn du tatsächlich den Namen deines Kindermädchens erfährst, gebe ich dir noch einen Kuss.«

»Und was bekomme ich, wenn ich die ganze Adresse erfahre?«

Sie zwinkerte ihm zu.

Sie hatte ihm tatsächlich *zugezwinkert*.

Was zum Teufel war nur mit ihr los, denn sie sagte außerdem noch: »Wenn du ein braver Bär bist, bekommst du eine Belohnung.« Seit wann flirtete sie und versprach sexuelle Gefälligkeiten?

Seit sie einen Mann kennengelernt hatte, der sie gleichzeitig verrückt machte und dafür sorgte, dass ihr Höschen feucht wurde.

Eigentlich hätte er alles verkörpern müssen, was sie hasste. Trotzdem konnte sie nicht leugnen, dass sie sich stark zu ihm hingezogen fühlte.

Hoffentlich ist es nicht mehr als eine vorübergehende Vernarrtheit.

Einen Bären zu heiraten? Das kam nicht infrage. Besonders keinen so wilden wie Andrei. Er würde sich niemals zähmen lassen.

»Ich muss mir dein Handy ausleihen«, stellte er fest.

»Hast du denn kein eigenes?«

»Nein. Es wäre viel zu leicht, es nachverfolgen zu lassen«, erwiderte er düster.

Sie reichte es ihm und mit einem gequälten Seufzer wählte er, dann ging er auf dem Parkplatz umher, das Telefon am Ohr.

Jemand musste sich gemeldet haben, denn er sagte: »Hallo.« Was folgte, war ein Strom von Russisch – oder zumindest nahm sie das an. Sie verstand kein einziges Wort, aber sie beobachtete sein Gesicht. Er sah schuldbewusst aus. Dann verdrehte er die Augen. Dann war er aufgeregt und schließlich wütend und schockiert. »Nein. Nein. Verdammt. Nein!«

Er nahm das Handy runter und betrachtete es, als wäre es der Teufel selbst.

»Was ist denn los? Hast du die entsprechenden Informationen bekommen?«

»Ja.«

»Aber?«

»Meine Mutter macht sich Sorgen.«

»Na und?«, fragte sie.

»Ihr Beschützerinstinkt mir gegenüber kann durchaus als etwas übertrieben bezeichnet werden.« Das Handy in seiner Hand begann zu klingeln. Unaufhörlich. Doch anstatt dranzugehen, warf er es auf den Boden und trampelte darauf herum.

»Mann!«, rief sie. »Hast du sie noch alle? Du hast gerade mein Handy zerstört.«

»Ich hatte keine Wahl. Ich musste den Kontaktpunkt zerstören. Wir müssen sofort gehen.«

»Aber wir wissen doch nicht mal wohin ...«

»Wir überlegen es uns auf dem Weg zum Flughafen. Wenn wir uns beeilen, haben wir ein paar Stunden Vorsprung.«

»Vorsprung vor wem? Glaubst du, jemand hat das Gespräch abgehört?«

»Viel schlimmer«, erwiderte er stöhnend. »Meine Mutter kommt her.«

Kapitel Neun

DIE SACHE WÜRDE EINE SCHLIMME WENDUNG nehmen. Eine sehr schlimme. Das konnte Andrei bis tief in seine Knochen spüren. Die Haare auf seinem Rücken waren wahrscheinlich grau geworden. Und er konnte die Schuld dafür nur bei sich selbst suchen.

Jeder Idiot wäre darauf gekommen, dass es kein gutes Ende nehmen würde, wenn er seine Mutter anrief. Sein armes Honigbärchen hatte keine Ahnung, in wie viel Schwierigkeiten dieser Anruf ihn bringen würde. Die Bestie war freigelassen worden.

»Wo steckst du?«, hatte seine Mutter ihn angefahren, kaum hatte sie den Anruf angenommen. Es war ihr Instinkt, der ihr sagte, wer sich am anderen Ende der Leitung befand, obwohl sie die Nummer gar nicht kannte.

»Hi, Mama.« Er hatte es sanft auf Russisch gesagt und hinzugefügt: »Du fehlst mir. Ich liebe dich. Wie

läuft es mit dem Rudel?« Denn was war jetzt das Beste? Sich reumütig und liebevoll zu geben.

»Wo steckst du?«, wiederholte sie. Was kein gutes Zeichen war.

»In Amerika. Wie du sehr wohl weißt, habe ich hier geschäftlich zu tun.« Der lautstarke Streit vor seiner Abreise, bei dem sie gegen sein Handeln argumentiert hatte, klang ihm noch in den Ohren.

»Wo. Steckst. Du?« Die Art, wie sie ihre Frage bedrohlich wiederholte, brachte ihn dazu, nervös mit dem Schuh über den Boden zu scharren.

»Es geht mir gut. Du brauchst dir keine Sorgen zu machen.«

»Wo steckst du?«, rief seine Mutter, die langsam die Geduld verlor.

Er hatte in den Himmel geschaut. So schön und blau. Die Sonne tat ihr Bestes, um die Kälte der Nacht zu vertreiben. Was würde er nicht dafür geben, nackt auf einem warmen Sonnenfleckchen zu liegen, anstatt dieses Gespräch führen zu müssen. »Ich werde es dir nicht sagen«, hatte er schließlich geantwortet.

Wieder wusste er es besser. Er hätte die folgende Standpauke Wort für Wort aufsagen können. Es war nämlich immer die gleiche.

»Willst du etwa deine Mutter belügen? Die Frau, die dir das Leben geschenkt hat. Dich geliebt hat. Die sich um dich gekümmert hat, als dein Taugenichts von einem Vater abgehauen ist.« Sein Vater war abgehauen, weil seine Mutter manchmal einfach etwas zu viel war.

Man musste ein ziemlich starker Mann sein, so wie Andrei, um sie zu lieben.

Lada andererseits war nie mit seiner Mutter einer Meinung. Im Gegensatz zu Andrei gab sie ihrer Mutter nie nach. Vielleicht war der Frieden, der im Hause einkehrte, nachdem sie gegangen war, der Grund dafür, dass seine Mutter es nie wirklich hinterfragt hatte, warum sie gegangen war.

Seine Mutter schimpfte weiter. »Jeden Abend habe ich mit dir Hausaufgaben gemacht.«

»Und du hast gekocht und geputzt, den Haushalt geführt, bist arbeiten gegangen und außerdem hast du das Heilmittel für Krebs erfunden. Ups, Moment, das ist das Einzige, was du bis jetzt noch nicht getan hast.« Er konnte nicht anders, als den Bären zu reizen.

Seine Mutter änderte die Taktik, um es ihm heimzuzahlen. »Wer hat dich denn ins Krankenhaus gebracht, als du es für eine Superidee gehalten hast, von einer Klippe zu springen?«

»Woher hätte ich denn wissen sollen, dass so viel Wasser verdunstet war, dass es jetzt flacher war?«

»Und wer hat dich gepflegt, als du Fieber hattest?«

»Mir hatte eben keiner gesagt, dass Honig schlecht werden kann.«

»Du denkst einfach nicht nach. Deswegen brauchst du ja auch mich.«

Seine Mutter hatte ihm den Hintern abgewischt und sein Leben mehr als drei Jahrzehnte lang genaues-

tens gemanagt. Und das war auch gut so, denn sonst wäre er in noch viel mehr Schwierigkeiten geraten.

Andrei brauchte eine feste Hand, die ihn führte. Aber vielleicht musste es nicht die seiner Mutter sein.

Er schaute zu Hollie. Sie blickte in den Himmel, als wäre sie beleidigt, dass es draußen so schön sein konnte. Aber als sie ihn ansah, zuckten ihre Lippen amüsiert. Sie zog eine Augenbraue hoch und murmelte: »Probleme mit deiner Mutter?«

Ihr war gar nicht klar, wie sehr.

Und seine Mutter schimpfte einfach weiter. »Dass du mich so respektlos behandelst. Ist das wegen deiner amerikanischen Freunde?« Sie betonte das Wort. »Haben sie dir beigebracht, die eine Person respektlos zu behandeln, die dich in deinem ganzen Leben nie enttäuschen würde? Die viele Opfer gebracht hat. Die ...«

»Mich liebt. Ich weiß. Pass auf, bevor du anfängst, mir in alphabetischer Reihenfolge all die Dinge aufzuzählen, wegen denen ich dir etwas schuldig bin und dich brauche, habe ich eine Frage. Erinnerst du dich noch an die Frau, die sich um mich gekümmert hat, als ich ein Kind war?«

»Warum fragst du?«

»Weil du jetzt fast sechzig bist, und laut den Experten sollte ich langsam anfangen, deine kognitiven Funktionen zu überprüfen.«

»Hast du mich etwa gerade alt genannt?« Man konnte fast greifen, wie schockiert sie war.

»Weichst du der Frage aus, weil du die Antwort nicht weißt?«, konterte er.

»Sie hieß Mila.«

»Mila und wie weiter?«, hakte er nach. »Das ist deine Chance, mir zu beweisen, dass du noch nicht senil bist.«

»Mila Miskouri, du kleiner Taugenichts. Bist du nun zufrieden?«

»Weißt du zufällig, wo sie wohnt?«

Bei seiner letzten Frage verschob sich das Machtverhältnis. Er hatte ihr zu viel verraten.

Die Stimme seiner Mutter nahm eine drohende Tonlage an. »Warum stellst du mir Fragen zu deinem Kindermädchen? Woher stammt dieses plötzliche Interesse?«

»Aus keinem bestimmten Grund.« Das war die falsche Antwort, denn seine Mutter ertappte ihn immer beim Lügen.

»Erzähl mir jetzt, was los ist. Oder besser noch, beweg deinen Hintern nach Hause.«

»Entspann dich und trink eine heiße Schokolade.«

»Ich bin zu nervös, um Schokolade zu trinken.«

»Wann hat dich Nervosität jemals von irgendetwas abgehalten?« Seine Mutter aß gern einen gehäuften Teller voll mit Plätzchen mit Schokoladenstückchen, die sie in ihren riesigen Becher mit heißer Schokolade tauchte, der oben mit Marshmallows und Schlagsahne verziert war.

»Ich kann weder essen noch schlafen, so sehr mache ich mir Sorgen um dich.«

»Wenn du so krank bist, solltest du einen Arzt aufsuchen.«

»Warum sollte ich mir die Mühe machen, wenn ich bereits weiß, dass es sich um einen Fall von gebrochenem Herzen handelt? Wahrscheinlich habe ich nicht mehr lange zu leben.« Sie hustete mitleiderregend.

Es war das übliche Spiel mit seiner Mutter. Erst fragte sie ihn geradeheraus, was sie wissen wollte, dann musste er sich anhören, was er ihr alles schuldete, dann kam die nächste Phase. Jetzt waren sie an dem Teil angelangt, an dem sie ihn davon zu überzeugen versuchte, dass sie im Sterben lag und dass er sie nicht liebte.

»Möchtest du lieber eingeäschert werden oder soll ich dich im Schmutz verscharren?« Das ging vielleicht in manchen Familien zu weit, aber in seiner Familie, die einen Hang zum Dramatischen hatte, war eine solche Antwort durchaus in Ordnung und wurde sogar erwartet.

»Du verpasst mir noch den Todesstoß«, rief sie.

Bevor sie erneut loslegen konnte, schlug er sie mit ihren eigenen Waffen. »Wenn du mich so sehr vermissen würdest, wärst du bereits in Amerika. Du würdest nach mir suchen und mich nicht bei dem, was ich tue, unterbrechen.« Seine Mutter hatte eine ausgesprochene Gabe dafür, genau dann aufzutauchen, wenn er mit einer Partnerin intim wurde, und brachte dann immer eine Schachtel Kondome mit. So sehr er das auch zu schätzen wusste – Kondome statt Windeln –, ging es seinen Partnerinnen nicht immer so.

»*Ich wäre gern dort und würde nach dir suchen. Aber du weißt ja, wie beschäftigt ich momentan bin. Ich kann nicht einfach alles stehen und liegen lassen und losziehen, um dich aus deinen Schwierigkeiten zu befreien.*«

»*Ich hätte irgendwo tot im Graben liegen können.*« *Ja, zugegebenermaßen übertrieb er es ein wenig.*

Aber seine Mutter ebenso. »*Dann hätte ich dich gerächt.*«

Er lachte. »*Das freut mich.*«

»*Wie läuft es denn mit dem ›Zu Kreuze Kriechen‹ für die Verbrechen deiner Schwester?*«

Seine Mutter wusste durchaus, dass er nach Amerika gekommen war, um die Sache mit dem Rudel auszubügeln in Bezug auf das, was seine Schwester getan hatte.

»*Ich krieche nicht zu Kreuze. Ich bin hier, um dabei zu helfen herauszufinden, warum Lada es getan hat.*«

»*Deine Schwester hat schon immer schlechte Entscheidungen getroffen.*«

»*Woher kommt es eigentlich, dass du mich davon abhältst, Blödsinn zu machen, sie aber nicht?*«*, wollte er wissen.*

»*Du bist ein männliches Wesen. Deswegen brauchst du mehr Hilfe.*«

Dass sie mit zweierlei Maßstäben maß, schmerzte ihn. Und zwar sehr, was vielleicht auch der Grund dafür war, warum er dummerweise sagte: »*Schön zu hören, dass du so viel Vertrauen in Menschen ohne Penis hast, denn ich arbeite mit einer bemerkenswerten Frau zusammen. Sie ist wirklich erstaunlich. Klug. Hübsch. Habe ich erstaunlich schon erwähnt?*« *Er konnte einfach nicht aufhören zu reden. War er immer noch betrunken?*

Plötzlich war es am anderen Ende der Leitung totenstill.

Oh, oh.

Schließlich fragte seine Mutter: »*Wer ist sie?*«

»*Du kennst sie nicht.*« *Und seine Mutter würde sie auch* niemals *kennenlernen. Sie würde Hollie auf der Stelle hassen. Sogar noch vorher. Ohne sie jemals gesehen zu haben. Seiner Mutter gefielen seine Freundinnen nie. Er war sich ziemlich sicher, dass sie vielleicht sogar eine von ihnen entsorgt hatte.*

»*Wer ist sie?*«*, wiederholte seine Mutter.*

Sein Geist schrie ihn an, nicht ihren Namen zu sagen. Zumindest nicht ihren echten Namen.

Er bemerkte, dass Hollie zu ihm herübersah. Sie verstand zwar kein Russisch, aber wahrscheinlich war ihr sein bestürzter Gesichtsausdruck aufgefallen.

Schnell sagte er: »*Ich muss jetzt auflegen.*«

»*Wer ist sie?*« *Dieser einfache Satz hallte noch nach und er biss die Zähne zusammen, um ihrer Forderung nicht nachzugeben ...*

»Telefonieren wir morgen noch mal?«, fragte er mit einer Stimme, die eine Oktave höher lag.

»Die Vorwahl lautet fünf fünf fünf. Das liegt nicht im Gebiet der Bären. Gehört das nicht den Löwen?«

»Tatsächlich? Keine Ahnung.«

»Ich hoffe wirklich, du gibst dich nicht mit Katzen ab.«

Er betrachtete Hollie, die in ihren ausgetragenen Jeans, einem T-Shirt mit Mario darauf und einem Holzfällerhemd einfach toll aussah. Seine Mutter würde sie nie akzeptieren.

Das würde ihn jedoch nicht aufhalten.

»Jetzt sieh sich das einer an«, erklärte seine Mutter nachdenklich. *»Laut Google ist die Telefonnummer, von der du gerade anrufst, eine Geschäftsnummer. Sie gehört einer gewissen Hollie Joliette. Klempnerin? Das kommt ja ziemlich unerwartet.«*

Oh.

Verdammt.

»Ich habe mir ihr Telefon geliehen«, antwortete er schnell. Doch es war zu spät.

»Ich kann es kaum erwarten, sie kennenzulernen«, erklärte seine Mutter freundlich. Viel zu freundlich.

»Das halte ich für keine gute Idee.« Niemals. Seine Mutter würde wahrscheinlich zum Grizzlybären werden – der väterlicherseits zu ihrer Familie zählte – und Hollie würde sie ihrerseits mit einer Rohrzange bedrohen oder zu einem Tier werden. Und er würde dazwischengehen müssen. Wahrscheinlich würde er

sogar verletzt werden. Hollie würde ihn nie wiedersehen wollen. Und seine Mutter würde ihn wahrscheinlich mindestens eine Woche lang quälen, indem sie all seine Lieblingsspeisen kochte, ihm aber nichts davon abgab.

»Bis bald.«

Plötzlich war er so verzweifelt – und voller Panik –, dass er einfach schnell auflegte. Das Handy klingelte erneut. Und er sorgte dafür, dass es aufhörte.

Während er sich die Überreste des Handys betrachtete, erklärte er Hollie, dass sie geliefert waren. Sie lachte.

»Unglaublich. Du hast Angst vor deiner Mutter.« Ihre Worte klangen ungläubig.

»Jeder hat Angst vor meiner Mutter. Besonders die Frauen, die ich kennenlerne. Wir müssen die Stadt verlassen«, erklärte er, befürchtete dabei aber, dass es keinen Ort gab, an dem sie in Sicherheit waren.

»Ich finde, du übertreibst. So schlimm kann sie doch gar nicht sein.«

Wie sollte er es ihr erklären? Er hatte es nur knapp geschafft, aus Russland zu entkommen, weil seine Mutter einen Wutanfall bekommen hatte. Er hatte sich in einen Frachtraum geschmuggelt, um zu fliehen, und als er landete, hatte er ein Münztelefon benutzt, um sie anzurufen und ihr zu sagen, dass es ihm gut ginge. Sie hatte ihn enterbt, also hatte er aufgelegt. Er ging davon aus, dass sie sich irgendwann beruhigen würde. Die vergangenen Reisen waren mehr oder weniger nach demselben Muster verlaufen. Obwohl sie ihm in letzter Zeit nicht immer nachreiste. Vielleicht waren die ständigen Streitereien bei seiner Abreise ja nur zur Show.

Aber er hatte das Gefühl, dass es dieses Mal nicht so sein würde. Er hatte mit Hollie geprahlt. Was war in ihn gefahren, so etwas zu tun? Es war, als würde er vor seinem Onkel Liam mit einer roten Decke winken.

Seine Mutter wusste, dass er Hollie nicht erwähnt hätte, wenn sie ihm nichts bedeutete. Und seine Mutter würde so etwas Wichtiges wie die Frage, mit wem er zusammen war, niemals dem Zufall überlassen. Nicht in Bezug auf ihren perfekten Jungen.

Sie würde kommen. Es war nur eine Frage der Zeit. Wenn seine Mutter sich nur genauso viel Mühe geben würde, seine nervtötende Schwester aufzuspüren.

»Wir müssen unbedingt zum Flughafen«, sagte er, ging ins Hotelzimmer und begann, ihre Sachen zusammenzusuchen und in ihre Taschen zu stopfen.

»Moment, warum fliegen wir irgendwo hin? Und wohin überhaupt? Hat deine Mutter dir einen Namen und eine Adresse verraten?«

»Einen Namen schon. Mila Miskouri. Allerdings keine Adresse.«

»Aber du nimmst an, dass sie in einem anderen Staat wohnt.«

»In Anbetracht der Tatsache, dass sie mein Kindermädchen war, als wir noch in Russland gelebt haben, würde ich sagen, die Chancen stehen gleich null, dass sie hier in deiner Stadt wohnt.«

»Da könntest du allerdings recht haben.« Aber Hollie hatte noch ein paar weitere Fragen. »Darf ich einfach mit meinem Führerschein fliegen?«

»Innerhalb von Amerika schon. Aber nicht bei internationalen Flügen. Dann brauchst du einen Pass.«

»Sind die leicht zu bekommen? Ich habe nämlich keinen.«

Er erstarrte mitten in der Bewegung, während er dabei war, ein Hemd in ihren Rucksack zu stecken. »Wie kann es sein, dass du in deinem Alter keinen Pass hast?«

Sie zuckte mit den Achseln. »Ich habe nie einen gebraucht, weil ich das Land nie verlassen habe. Darüber haben wir doch schon gesprochen.«

»Tja, eigentlich spielt es keine große Rolle, denn ich habe auch keinen Pass.« Seine Mutter hatte die letzten drei Pässe jedes Mal verbrannt, als sie sie gefunden hatte.

»Sollen wir uns dann falsche Pässe besorgen? Denn ich kenne vielleicht ein Mädchen, das uns solche ausstellen könnte. Melly hat solche Sachen voll drauf.«

»Wir haben keine Zeit, darauf zu warten. Dann müssen wir eben einfach ohne Flugschein fliegen.«

»Und was ist mit der Flughafensicherheit und all diesen Sachen? Die sind mittlerweile wirklich streng geworden.«

»Mach dir darum keine Sorgen. Das habe ich einigermaßen im Griff.«

»Genau davor habe ich ja solche Angst«, murmelte sie. Dann sah sie ihn an. »Du hast tatsächlich deine Mutter angerufen, um sie in Bezug auf das Kindermädchen zu fragen. Du hast dir deinen Kuss verdient, wenn du ihn haben möchtest.«

Musste sie ihn tatsächlich darauf ansprechen? »Der Gedanke daran war es, der mich das Ganze hat durchstehen lassen.«

»Oh.« Sie errötete. Ein Mädchen mit harter Schale und weichem Kern. Mmm.

Sie stellte sich auf Zehenspitzen und lehnte sich zu ihm, doch er musste ihr ein wenig helfen, damit sie ihren Mund auf seinen drücken konnte. Es war ein langer Kuss und hinterher atmeten sie beide heftig und waren errötet. Vielleicht wären sie im Bett gelandet, wenn er vor seinem geistigen Auge nicht das Bild seiner Mutter gehabt hätte, die in ein Flugzeug stieg, um herzukommen, was wie eine kalte Dusche auf ihn wirkte. »So gern ich auch weitermachen würde, wir müssen schnell packen und uns in Bewegung setzen.«

»Und wohin? Du hast zwar einen Namen, doch wir wissen nicht, wo sie wohnt.«

»Nein, aber mit ihrem Namen können wir ihre Adresse herausfinden.«

»Aber wie? Weißt du, wenn ein gewisser Jemand nicht mein Handy zerstört hätte, könnten wir dein altes Kindermädchen online suchen«, schimpfte sein Honigbärchen.

»Du hättest mich ja vorwarnen können, dass du keine Privatnummer hast.«

»Ich betreibe ein Geschäft. Natürlich ist es keine Privatnummer.« Sie verdrehte die Augen.

»Auf dem Weg zum Flughafen kaufen wir ein neues Handy.«

»Ich habe doch gar nicht zugestimmt mitzukommen.«

»Wenn wir das Rätsel lösen möchten, das den Schlüssel umgibt, müssen wir eben reisen.«

»Oder wir könnten auch, du weißt schon, einfach anrufen.« Sie hielt sich die Hand mit ausgestrecktem Zeigefinger und Daumen an Mund und Ohr und tat so, als würde sie telefonieren. »Hast du schon von dieser wahnsinnig tollen Erfindung gehört, die sich Handy nennt? Du kannst eine Nummer wählen. Dann hebt jemand ab. Man unterhält sich.«

Aber das würde bedeuten, dass sie hierbleiben würden, während seine Mutter auf dem Weg hierher war. »Wir können aber das Bild in dem Buch nicht mit dem Schlüssel vergleichen, wenn wir nicht selbst dort sind.«

»Wenn sie das Buch überhaupt noch hat. Wie lange ist es jetzt her?«, entgegnete sie.

»Und das Buch war bereits alt, als sie es uns vorgelesen hat, was wahrscheinlich bedeutet, dass es sich um ein Familienerbstück handelt. Deswegen hat sie es ganz bestimmt aufgehoben.«

»Und dann will sie sicher auch nicht, dass Fremde sich daran zu schaffen machen. Sie könnte uns doch einfach Bilder schicken.«

»Was, wenn sie keine Kamera hat oder Fotos verschicken kann?«, hielt er dagegen, da er ihr nicht den wahren Grund verraten konnte, nämlich, dass er mehr Zeit mit ihr verbringen wollte. Wenn sie das Rätsel um den Schlüssel zu schnell lösten, hätte er keine Ausrede mehr, um in ihrer Nähe zu bleiben.

»Wir könnten einfach das Buch ebenfalls kaufen.«

»Warum wehrst du dich denn so vehement dagegen zu verreisen?«

»Weil ich die Dringlichkeit nicht ganz verstehe. Rufen wir doch erst mal an und überzeugen uns davon, dass es das Ganze auch wert ist.«

»Wir sollten erst mal eine Zeit lang die Stadt verlassen, bis sich alles beruhigt. Hast du schon vergessen, dass bei dir eingebrochen wurde?« Ihr Gesichtsausdruck, als sie feststellen musste, dass man ihr Zuhause verwüstet hatte, würde ihm noch lange im Gedächtnis bleiben. Was, wenn sie dort gewesen wäre, als die Einbrecher kamen?

»Bitte. Gib doch zu, dass du willst, dass wir möglichst schnell von hier verschwinden, weil du Angst hast, dass deine Mutter kommt. Uuuuuuh.« Sie wedelte mit den Fingern. »Wie Furcht einflößend.«

»Und warum sträubst du dich so dagegen? Hast du etwa Angst?«, fragte er sie herausfordernd.

»Nein«, rief sie.

»Dann hauen wir einfach ab.«

»Einfach abhauen.« Sie schnaubte verächtlich. »Ich wage es stark zu bezweifeln, dass die Dinge, die du tust, so einfach sind.«

Unglaublich, wie sehr sie ihn schon durchschaute. Und wie sehr sie ihm bereits vertraute, denn sie folgte ihm *tatsächlich*.

Sie waren bald auf dem Weg, und er hielt wie versprochen an, um ein Telefon mit Datentarif zu kaufen. Die einzige Person, die wusste, dass sie abreisen würden, war ihre Familie. Sie schrieb eine Gruppen-SMS an ihre Tanten.

Nur zur Info: Der Bär nimmt mich mit auf eine Reise.

Die Antwort? *Wohin?* Sie haben nicht gefragt wer, wahrscheinlich weil es nicht viele Bären gab, die mit jemandem zusammen waren, den die Tanten kannten.

Ich weiß es noch nicht.

Das Ei oder das Huhn?

Ein Auto hupte hinter ihm, als er dabei erwischt wurde, wie er auf ihr Telefon starrte und nicht auf die Straße achtete.

»Warum schreibt deine Tante dir etwas über Eier und Hühner?«, wollte er wissen.

»Das ist unser Geheimcode. Ein Ei oder irgendetwas, das damit zu tun hat, bedeutet, dass alles in

Ordnung ist. Das Hühnchen hingegen bedeutet, dass ich in Schwierigkeiten stecke, weil ich nicht fliegen kann.«

»Und was schreibst du zurück?«

Ihre Lippen zuckten. »Salat.«

»Und was soll das symbolisieren?«

»Gar nichts. Es wird sie nur eine Zeit lang verwirren.«

»Stehst du deinen Tanten nahe?«, fragte er und wandte den Blick einen Moment lang von der Straße ab.

»Als ich aufwuchs, waren sie mehr für mich da als meine Mutter. Was allerdings auch nicht viel bedeutet. Als ich jung war, habe ich einen Großteil meiner Zeit im Internat verbracht.«

»Wie schrecklich.«

»So schlimm war's nicht. Als Teenager wurde ich dann von einer Tante aus dem Rudel zur nächsten gereicht. Als ich sechzehn wurde, hat der damalige König mir erlaubt, mir eine eigene Wohnung zu nehmen.«

»Ich wohne noch zu Hause.«

»Sag mir jetzt bitte nicht, du wohnst im Keller.«

»Unser Wohngebäude hat gar keinen.«

»Lebst du in so einer Art Hippie-Kommune?«

»Es ist tatsächlich einer Bärenhöhle nachempfunden. Unser Wohngebäude besteht aus verschiedenen Häusern und Apartments, die miteinander verbunden sind.«

»Aber du lebst bei deiner Mutter.«

»Wie viele andere Bären auch«, lautete seine defensive Antwort.

»Wenn du es sagst.«

»Ich würde den Mund nicht so weit aufreißen. Die Mitglieder deines Rudels leben über- und untereinander in diesem Wohngebäude, das euch gehört.«

»Manche schon. Ich allerdings nicht. Manche von uns stehen eben gern auf eigenen Füßen.«

»Manche von uns verlassen andere nicht, deren Füße nicht mehr so gut funktionieren.«

»Willst du damit etwa behaupten, du bist zu Hause geblieben, um diejenigen zu unterstützen, die es nicht mehr selbst tun können?«

»Ja, und weil Mama meine Wäsche macht und kocht.«

Sie starrte ihn an und er hätte schwören können, dass sie fast lautlos gelacht hätte.

Doch es gelang ihr, nur leicht zu lächeln, als sie sagte: »Da wir gerade bei deiner Mutter sind, sie hat mir eine Nachricht geschrieben.«

»Das ist unmöglich. Ich habe dir ein Wegwerfhandy gekauft. Niemand hat die Nummer.«

»Das stimmt nicht. Meine Tanten haben sie.« Und ganz offensichtlich hatten sie sie weitergegeben. Sie hielt das Handy hoch. Dort stand einfach: *Hände weg*.

»Möchtest du etwas antworten?«, fragte sie.

»Nein«, knurrte er. Das war ja etwas völlig Neues. Jetzt stand seine Mutter seinen Errungenschaften schon per Nachricht im Weg. »Blockiere sie.«

»Und was, wenn es einen Notfall gibt?«

»Anstatt uns um meine Mutter Gedanken zu machen, sollten wir lieber nach der Adresse des Kindermädchens suchen.«

»Das war ja wohl eine Lüge, als du mir gesagt hast, du hättest keine Mutterprobleme«, murmelte sie, als sie sich online auf die Suche machte.

An einer Ampel zeigte sie ihm mehrere Fotos aus Mila Miskouris sozialen Medien, bis er sagte: »Die da. Das ist mein Kindermädchen.« Mila Miskouri war älter und grauer geworden, seit sie seine Windeln gewechselt hatte.

»In ihrem Profil steht, dass sie vor zwei Jahren im Alter von fünfundsechzig Jahren nach Südamerika umgezogen ist.«

»Und damit haben wir ein Reiseziel. Hoffen wir, dass es heute noch einen Flug dorthin gibt.«

»Was uns auch nicht viel bringen würde, da wir beide keinen Pass haben.«

»Ich habe dir doch gesagt, dass wir keinen brauchen. Ausweise sind für Leute, die in der Kabine mitreisen.«

Sie starrte ihn an. »Weil das ja auch so sein sollte.«

»Ich reise lieber im Laderaum.«

»Ist der nicht voller Gepäck?«

»Hast du dich nie gefragt, warum manche Koffer nicht ankommen?«

Es dauerte nur eine Sekunde, bis der Groschen fiel. »Du reist als blinder Passagier mit, indem du die Koffer der Leute rausschmeißt?«

»Ich würde es eher *Platz schaffen* nennen. Du wirst sehen, es ist großartig.«

»Das bezweifle ich stark«, murmelte sie.

Am Flughafen angekommen gingen sie hinein, aber nur, damit er einen Blick auf die Abflugtafel werfen konnte. Und was tat Hollie? Sie lenkte ihn immer wieder ab. Er las etwas, und dann, aus dem Augenwinkel heraus sah er, dass sie sich bewegt hatte. Er hörte auf zu lesen, dann wurde er paranoid und fing an, die Menge mit den Augen abzusuchen.

Sie bemerkte es. »Warum bist du so schreckhaft?«

»Ich bin nur vorsichtig.«

»Glaubst du etwa, deine Mutter ist schon hier?«, neckte sie ihn.

»Wer weiß. Sie hat ihre Spione überall.« Er verriet nicht, warum er wirklich so wachsam war. Die Menschen, die in ihr Haus eingebrochen waren. Was, wenn sie es als Nächstes auf Hollie abgesehen hatten? Sein alter Kumpel Lawrence war von Lada und ihrer Bande gekidnappt und unter Drogen gesetzt worden. Sie hatten auch Lawrence' menschliche Gefährtin mitgenommen. Glücklicherweise konnte sein guter Freund entkommen und hatte dabei sogar ein paar seiner Angreifer getötet. Aber nicht alle von ihnen. Offensichtlich. Hollies zerstörtes Haus machte deutlich, dass noch jemand hinter dem Schlüssel her war.

Sein Honigbärchen war in Gefahr, und dieses Mal würde er sie nicht im Stich lassen.

Er würde zuerst die Menschen fressen.

Wie er sie bewunderte; ihren Charakter, ihre Stärke, ihre Schönheit. Wenn sie sprach, waren ihre Worte sarkastisch und klug. Einzigartig. Sexy.

Meine Gefährtin.

Seine andere Seite schien sich dessen so sicher zu sein. Sein innerer Bär hätte ihr am liebsten bereits an der Haut geknabbert und sie in seine Höhle entführt, um dort einen Winterschlaf voller Sex zu verbringen, wenn sie es ihm erlaubt hätte. Das Problem war, dass Andrei bei Hollie nicht zu schnell vorgehen konnte, sonst würde sie sich zurückziehen. Verführung musste von beiden Seiten ausgehen, und während sie immer wieder Anzeichen dafür gab, dass sie interessiert war, kamen ihm immer wieder Dinge in die Quere.

Er sah, wie sich ihre Lippen bewegten, und brauchte eine Sekunde, bevor er blinzelte und fragte: »Was?«

»Ich wollte wissen, ob du einen gefunden hast. Denn der einzige Flug nach Südamerika, den ich gesehen habe, geht in ungefähr neun Stunden.«

Plötzlich herrschte völlige Leere in seinem Kopf. Er wusste nur, dass er hier nicht neun Stunden warten konnte. »Ich habe eine bessere Idee. Warte kurz.« Er betrachtete die Reiseziele und merkte sich den Flugsteig für den Flug, der sie am schnellsten dorthin bringen würde.

»Ich verstehe immer noch nicht, wie es uns gelingen soll, in den Frachtraum eines Flugzeugs zu gelangen, bei all den Sicherheitsmaßnahmen.« Man konnte ihr den Zweifel klar an der Stimme anhören.

»Heimlich.«

»Hör zu, Papa Bär, Meister der Verkleidung, du bist weit über einen Meter achtzig groß und gebaut wie ein Kühlschrank. Ich weiß nicht, warum du denkst, dass du dich an Bord schmuggeln kannst.«

»Sieh mir zu und lerne.« Er zwinkerte ihr zu.

»Du musst mir nicht erst beibringen, wie man sich verhaften lässt.«

»Das passiert nur, wenn man uns erwischt. Und das wird nicht passieren.«

Es begann damit, dass er sie durch eine Tür in die Tiefen des Flughafens schleuste, was nicht schwer war. Dazu mussten sie nur versehentlich einen Angestellten anrempeln und dessen Schlüsselkarte stehlen, ohne dass dieser Alarm schlug. Dann betraten sie den Umkleideraum der Angestellten und brachen in einen Lagerraum ein, in dem die Ersatzuniformen aufbewahrt wurden.

So angezogen, als würden sie hierhergehören, gingen sie hinaus und nickten den anderen Arbeitern zu. Zumindest tat er das. Hollie blickte finster drein und ihre mürrische Miene wirkte auch.

Andrei führte sie mehr aus Instinkt als aus Beschilderung zu Flugsteig dreizehn und zu einem Flug nach Mexiko. Von dort aus würde es einfacher sein, ein Flugzeug zu finden, das noch weiter nach Süden flog.

Am Flugsteig eilte er zum Gepäckwagen, gerade noch rechtzeitig, als die Kofferarbeiter auftauchten.

Nur einer von ihnen bemerkte halbherzig: »Wir sind doch eigentlich heute mit der dreizehn dran.«

»Ganz offensichtlich nicht«, bemerkte Andrei.

Die anderen beiden Arbeiter zuckten nur mit den Achseln und gingen wieder hinein.

»Das war ja wohl viel zu einfach«, sagte sie.

»Die Leute suchen nach Auffälligkeiten. Nach denen, die zu aufmerksam sind. Nach denjenigen, die nicht in die Umgebung passen.«

»Aber nur die Tatsache, dass wir eine Uniform tragen, sollte es uns nicht zu leicht machen.«

»Würde man uns genauer betrachten, wäre unsere Verkleidung nutzlos, aber auf den ersten Blick sehen wir so aus, als könnten wir dazugehören. Es hilft auch, dass es regnet und niemand heute nach draußen will.«

»Wir verstecken uns praktisch in der Öffentlichkeit«, bemerkte sie, als er am hinteren Teil des Flugzeugs haltmachte, an einer Klappe, die sich öffnen ließ, um das Gepäck aufzunehmen. »Wenn du allerdings so gut darin bist, warum verstecken wir uns dann vor deiner Mutter?«

»Tun wir doch gar nicht. Wir finden mein Kindermädchen. Und wenn du jetzt noch einmal sagst, dass wir lieber anrufen sollten, kann ich dir versichern, dass mir die persönliche Note lieber ist.«

Sie lachte, denn offensichtlich hatte sie durchschaut, dass er Blödsinn redete, aber sie ließ ihn nicht stehen.

Er kletterte in den Frachtraum des Flugzeugs und richtete ein regelrechtes Nest für sie ein. Er brachte sie darin unter, schob dann den kleinen Gepäckwagen zum Gebäude und joggte daraufhin zurück. Er tat so, als würde er an irgendetwas herumfummeln, bis mehr Flugvorbereitungspersonal außer Sichtweite war, dann kletterte er hinein, als die Tür sich zu schließen begann.

Trotz der Dunkelheit bahnte er sich seinen Weg zu ihr. Sie saß im Schneidersitz und war nervös, auch wenn ihr Tonfall dies nicht verriet. »Wie kalt wird es hier denn?«

»So kalt, dass mein Rückenhaar sich noch als nützlich erweisen wird.«

Sie lachte erstickt. »Mein Fell ist allerdings nicht so warm wie deins.«

»Mach dir keine Sorgen, Honigbärchen. Ich bin heiß genug für uns beide.«

Das Flugzeug begann zu surren, als es sich in Bewegung setzte, und er konnte ihre Aufregung eher spüren als sehen.

»Vielleicht finde ich ein paar Klamotten in den Koffern. Mit genügend Schichten Kleidung friere ich vielleicht nicht so.«

»Wir könnten uns auch warm halten, indem wir dem Mile High Club beitreten«, schlug er vor.

»Ich bin überrascht, dass du nicht schon längst ein Mitglied davon bist«, lautete ihre Antwort.

»Hast du mal gesehen, wie winzig die Waschräume in einem Flugzeug sind?«

»Willst du damit etwa sagen, dass du nicht immer im Frachtraum reist?«

»Das tue ich nur zu besonderen Anlässen.«

»Wow, ich fühle mich geschmeichelt.«

Er lachte. »Würdest du jetzt lieber zwischen zwei Leuten eingezwängt in einem engen Flugzeug sitzen und ekelhaftes Essen serviert bekommen?«

»Ja und nein. Was, wenn ich Hunger kriege?«

»Ich habe uns eine Kleinigkeit eingepackt.«

»Wow, du bist aber gut vorbereitet. Ich wette, deine Freundinnen lieben es, wenn du mit ihnen verreist.«

»Du bist die erste Frau, mit der ich als blinder Passagier reise.«

Sie sagte einen Moment lang gar nichts. »Ich bin nicht deine Freundin.«

»Aber ich fände das schön.«

»Oh.«

Stille.

Er hakte nicht mehr nach. Stattdessen holte er das Picknick hervor, das er mitgebracht hatte. Sie aßen im Glimmen eines beleuchteten Dildos und Analstöpsels. Sie hatte sich einen Pulli aus einem anderen Koffer angezogen, da sie sich weigerte, irgendetwas anzufassen, das aus dem Koffer mit all dem Sexspielzeug stammte.

»Wer verreist schon mit so vielen Batterien?«, rief sie.

»Jemand, der anscheinend mit den eigenen Händen nicht besonders gut umgehen kann.«

Daraufhin hatte sie gelacht, ein schönes, leichtes Geräusch. Er hatte die Arme nach ihr ausgestreckt und sie an sich gezogen. Eigentlich hatte er vorgehabt, sie zu küssen, doch er hatte gespürt, dass sie zitterte. Sie fror.

»Es wird Zeit, dass wir uns in unsere Pelztiere verwandeln.« Das Ausziehen dauerte nicht lange und dann verwandelte er sich. Er drehte ihr den Rücken zu, während er die Sexspielzeuge beiseiteschob und etwas Platz machte.

Als er hinter sich ein Schnauben hörte, drehte er sich auf die Seite, bevor er eine Pfote hob und winkte.

Eine Löwin mit einem schlanken Körper und goldenem Fell saß mit geneigtem Kopf da. Würde sie mit ihm kuscheln?

Sie ließ sich fallen und drückte sich an ihn, mit dem Rücken an seine Brust gedrückt, zu einer Kugel zusammengerollt, während er sich um sie schmiegte.

Und ja, er wusste, dass Löwen nicht schnurrten. Aber für einen kurzen Moment hätte er schwören können, dass sie es trotzdem tat.

Kapitel Zehn

Vor der Landung in Mexiko sorgte Andrei dafür, dass sie wie Touristen und nicht wie blinde Passagiere gekleidet waren. Ein Sommerkleid mit Sandalen für sie. Badeshorts und ein Hawaiihemd für Andrei in Größe XXXL, das gerade so über seine Schultern passte, aber im Bauchbereich zu groß war. Er musste allerdings seine Halbschuhe anbehalten. In keinem der Gepäckstücke gab es Sandalen in seiner Größe.

In dem Moment, in dem sie aus dem Frachtraum schlüpften und nachdem sie den Kerl bestochen hatten, der sie mit überraschtem Gesichtsausdruck entdeckt hatte, verließen sie das Hauptterminal und betraten auf Hollies Geheiß einen eher industriellen Bereich des Flughafens.

»Wohin bringst du uns?«, fragte er und ging langsamer, um mit ihr Schritt zu halten.

»Du vergisst, zu welcher Familie ich gehöre«, erklärte sie und hielt nach dem Hangar Ausschau, den Nora ihr in einer E-Mail mitgeteilt hatte. Denn während des Abendessens in der Kneipe hatten sie ihre Karten offen auf den Tisch gelegt und sich gegenseitig geholfen. Hauptsächlich würde Nora Hollie wissen lassen, wenn sie etwas über Peter herausfand, und Hollie würde sich in gleicher Weise revanchieren und sie über mögliche Angriffe und den Fortschritt bezüglich des Schlüssels auf dem Laufenden halten.

»Du hast jemandem erzählt, wohin wir reisen«, stellte er fest.

»Sogar ein paar Leuten.« Sie zählte es an ihren Fingern auf. »Meinen Tanten, damit sie wissen, wen sie töten müssen, falls ich nicht zurückkomme. Meinem König, weil es ihm zusteht, es zu erfahren. Und Nora, die mittlerweile meine Kontaktperson und Verbindung nach zu Hause ist. Weil es nicht besonders zeitaufwendig ist, Peter zu beobachten, wird sie möglichst viel vom Untergrund aus koordinieren.«

»Das sind ja ziemlich viele Leute.« Er verzog das Gesicht.

»Würdest du dich besser fühlen, wenn ich dir versichere, dass ich deiner Mutter nicht zurückgeschrieben habe? Obwohl ihre letzte Nachricht ziemlich interessant war. Es ging dabei irgendwie ums Sterben und dass sie dich aus ihrem Testament streicht.«

»Das ist das dritte Mal dieses Jahr«, murmelte er.

»Deine Mutter ist wirklich verrückt.«

»Das habe ich dir doch gesagt.«

Aus irgendeinem Grund grinste sie. »Deine Mami l-iiie-b-t dich«, trällerte sie.

»Das teile ich gern mit dir.«

Sie rümpfte die Nase. »Nein danke.«

»Und wohin genau gehen wir jetzt? Hast du uns vielleicht einen privaten Charterflug organisiert? Mit einer Schlafkabine?«, fragte er hoffnungsvoll.

»Das wäre nicht sehr diskret. Wir fliegen mit einem Frachtflugzeug des Rudels.« Sie hatte Nora vom Gepäckraum aus eine Nachricht geschickt, während er den Wagen am Abflughafen abgestellt hatte. Bei ihrer Landung hatte Nora bereits die Vorbereitungen getroffen gehabt.

»Fliegen wir als Nutztiere?«, fragte er, als sie an ein paar leeren Käfigen vorbeigingen, die vor einer Lagerhalle standen.

»Auf keinen Fall.«

»Es ist eine großartige Tarnung, wenn auch ein wenig unbequem nach ein paar Stunden, in denen man sich nicht strecken kann.«

Sie stolperte und wäre fast hingefallen. »Du warst schon mal in einem Käfig?«

»Ja. Ich kann es nicht empfehlen. Nicht genügend Platz, um sich zu strecken oder auf die Toilette zu gehen.«

Sie biss sich auf die Unterlippe. »Wage ich zu fragen warum?«

»Wilderer, die Tiere für Privatsafaris jagten.«

»Du wurdest gefangen?«

»Absichtlich. Dann habe ich den Wildererring von innen auseinandergenommen.«

Er musste ihr gar keine Details erzählen. Sein breites, etwas bösartiges Grinsen sagte schon alles.

»Ich hätte wissen müssen, dass du das typische Klischee eines Helden bist.«

»Ich bin kein Held. Diese Wilderer sind in unser Territorium eingedrungen. Sie dienten als Exempel für alle, die vorhatten, sich mit den Medvedevs anzulegen.«

»Dann bist du eben ein Antiheld.«

»Auch als der Böse bekannt«, erklärte er.

»Nein, das wären deine Schwester und die Bande, mit der sie arbeitet.«

»Aber ich will nicht der Held sein«, sagte er übertrieben schmollend.

»Mach dir keine Gedanken, ich werde all den Ruhm dafür einheimsen, dass ich das Geheimnis gelüftet habe, und du bist einfach nur der Schönling, der währenddessen meine Sachen getragen hat.« Sie tätschelte ihm die Wange und ging dann voraus, als sie an dem Hangar ankamen, in dem ein Flugzeug stand.

»Du hast gesagt, ich bin hübsch«, freute er sich und dank seiner größeren Schritte zog er an ihr vorbei.

»Auf verwegene, haarige Art.« Was ihr immer besser gefiel, je mehr Zeit sie miteinander verbrachten.

»Mein Herz. Es will vor Freude schier platzen.« Er

griff sich an die Brust und grinste. »Vielleicht kann ich dich später auch vor Freude zum Platzen bringen.« Er zwinkerte ihr zu.

Und daraufhin fiel ihr keine ihrer sonst so glatten Antworten und sarkastischen Erwiderungen ein. »Das ist unser Flugzeug.« Ja, sie hatte das Thema gewechselt. Und er lachte leise. Ein leises, angenehmes Geräusch, das über sie hinwegschwappte, ihre Sinne zum Prickeln brachte und gleichzeitig schärfte.

Das große, umfunktionierte Flugzeug bot nicht nur Kisten und Vorräten Platz. Es hatte einen gemütlichen Passagierbereich, nachgerüstet mit geflickten Sofas, die sich gegenüberstanden, einem Kühlschrank, der an seinem Platz festgezurrt war, und einem Urinal für Notfälle. Als sie das sah, wünschte sie sich fast, sie hätte diese Nachhilfe im Im-Stehen-Pinkeln bekommen.

Aber nur fast. Sie würde sich beherrschen.

»Was haben du und Nora geplant, sobald wir landen?«, fragte er.

»Nora arbeitet daran, uns ein Transportmittel für den letzten Teil der Strecke zu beschaffen.«

»Du hast dich um alles gekümmert. Sehr gut.«

So viel zu ihrer Sorge, dass er sich sträuben oder irgendeinen Machoscheiß abziehen könnte, wenn sie ankündigte, dass sie Vorkehrungen für die Reise getroffen hatte. Er streckte sich auf einem Sofa aus, das seinen Körper nicht ganz fasste, sodass seine Beine angewinkelt waren und die Füße flach auf dem Boden standen. Er schloss die Augen und schlief ein.

Sie versuchte, das Gleiche zu tun, wälzte sich aber hin und her, bis er zu ihr herüberkam, sie hochhob und sich dann auf ihren Platz legte, mit ihr auf sich.

Warum protestieren, wenn ihr sofort die Augen zufielen und ihre Nerven sich beruhigten. Sie war noch nie gut darin gewesen, an Orten zu schlafen, die nicht ihr Bett waren. Das war einer der Gründe, warum sie nicht reiste.

Komisch, wie das Kuscheln mit Andrei sie entspannte.

Noch schöner war es, mit seinen Händen auf ihrem Hintern aufzuwachen, mit seinen Lippen in ihrem Haar. Er tat nichts Unanständiges, aber es war trotzdem eine intime Pose. Sie wand sich in seinem Griff. Seine Finger gruben sich kurz fester in ihre Haut, bevor er sie losließ.

Sie gab einen Laut des Protests von sich.

»Hast du ein schönes Nickerchen gemacht, Honigbärchen?«, sagte er mit rauer Stimme und hob die Hand erneut, um ihr das Haar hinter die Schulter zu streichen.

»Es war perfekt«, sagte sie und blieb auf seiner Brust liegen – die breit genug war, sodass sie bequem darauf liegen konnte. »Du bist die perfekte Matratze.«

»Vielleicht sollten wir mal darüber reden, dass ich gern mehr wäre als nur deine Matratze.«

»Reden wir lieber nicht darüber.« Das könnte alles ruinieren.

»Wir passen gut zusammen.«

Das stimmte. Aber das zuzugeben ... dazu war sie noch nicht bereit. Sie rieb ihr Gesicht an seiner Brust und grunzte: »Nein, tun wir nicht.«

Er lachte. »Ich weiß jetzt schon, wann du lügst.«

»Das behauptest du.«

»Ich weiß das wirklich. Mein perfektes Honigbärchen«, murmelte er und vergrub seine Nase in ihrem Haar. Für so einen großen, ruppigen Kerl hatte er wirklich einige zärtliche Momente.

»Du bist ganz schön gewieft. Jetzt weiß ich auch, warum es heißt, man kann keinem Bären trauen.«

»Du kannst mir vertrauen.«

Konnte sie das? Sie war in der Vergangenheit von denen, die sie liebten, enttäuscht worden. Ein Vater, den sie nicht kannte, weil ihre Mutter eines Abends in einer Kneipe ein paar zu viel getrunken hatte. Eine Mutter, die nie vorhatte, ein Kind zu bekommen, und eher eine Nomadin war.

Sie stemmte sich gegen Andrei, um sich aufzusetzen, nur um festzustellen, dass sie plötzlich rittlings auf ihm saß. Die Wölbung zwischen ihren Schenkeln ruhte auf seiner härtesten Stelle. Sie konnte nicht anders, als ihr Becken ein wenig kreisen zu lassen.

Hmmm.

Sie hätte nicht sagen können, ob sie oder er das

Geräusch gemacht hatte. Vielleicht waren sie es beide gewesen.

»Du bringst mich noch um«, stöhnte Andrei.

»Das geht natürlich nicht.« Sie ging von ihm runter, bevor er *hochkam*. »Ist es so besser?«

»Nein«, sagte er und schob schmollend die Unterlippe vor.

»Das wirst du schon verkraften. Dort drüben ist ein Urinal, wenn du ihn schon irgendwo reinstecken möchtest.«

Daraufhin musste er lachen. »Ich glaube, da bleibe ich lieber unbefriedigt.«

Merkwürdigerweise war sie sich selbst nicht sicher, wie lange sie ihm noch widerstehen konnte. Das unbefriedigte Pochen zwischen ihren Beinen wollte einfach nicht verstehen, warum sie nicht weitermachte. »Wir sollten bald am nächsten Flughafen ankommen.«

»Wie lange noch ungefähr?«

Sie sah auf die Uhr. »Der Pilot hat gesagt, das hinge vom Wind ab. Vielleicht noch eine Stunde, vielleicht nur noch zwanzig Minuten.«

»So lange brauche ich gar nicht.«

»Das spricht aber nicht für dich.«

Erst sah er sie sprachlos an, dann lachte er leise. »Honigbärchen, wenn es einem Mann nicht gelingt, dir ziemlich schnell einen Orgasmus zu verpassen, obwohl er es versucht, dann hat er keine Ahnung, was er tut. In diesen zwanzig Minuten könnte ich dir zweimal einen Orgasmus verschaffen, dich wieder anziehen und rechtzeitig für die Landung anschnallen.«

Plötzlich wurde ihr ganz heiß. Aber es war falsch, das zu wollen. »Die Piloten ...«

»Fliegen das Flugzeug.«

Sie hätte so unglaublich gern Ja gesagt, aber plötzlich knisterte es aus dem Lautsprecher.

»Passagiere, aufgepasst. Bitte richten Sie Ihre Sitzlehnen auf und schnallen Sie sich an. Wir haben mit dem Landeanflug begonnen.«

»Ich schwöre, das Schicksal arbeitet gegen mich«, murmelte Andrei.

Er hatte allerdings recht damit, dass es nie der richtige Zeitpunkt zu sein schien. Und deswegen trat sie vielleicht auch so nahe an ihn, dass sie sein Gesicht in beide Hände nehmen und sich zu ihm lehnen konnte, um ihn zu küssen.

Als das Motorengeräusch des Flugzeugs sich änderte, seufzte er in ihren Mund. »Du solltest dich besser hinsetzen, Honigbärchen.«

Die Enttäuschung war echt, wurde aber durch die Tatsache gemildert, dass er darauf bestand, dass sie den Platz neben ihm einnahm, dann schnallte er sie an und verwob seine Finger mit ihren.

Ihr Frachtflug landete in einer südamerikanischen Großstadt, die nicht ihr eigentliches Ziel war. Nora hatte für sie eine Fahrt mit einem lokalen Bus arrangiert. Eine neunstündige Fahrt über einen Umweg, woraufhin Andrei ausrief: »Auf keinen Fall steige ich in eine dieser Todesfallen. Es muss noch eine andere Möglichkeit geben. Vielleicht kann ich einen Wagen mieten, ich möchte lieber selbst fahren.«

Während er auf die Suche ging, fand Hollie eine bessere Lösung. Sie zerrte ihn aus der Mietwagenschlange und erst als sie das Terminal verließen, verkündete sie ihm die gute Nachricht.

»Ich habe einen Rundflug für uns organisiert, mit dem Hubschrauber! Was irgendwie cool ist. Ich wollte schon immer mal mit einem fliegen.«

»Die sind zu laut«, stellte er fest.

»Aber dann sind wir in etwas über einer Stunde da.«

»Ich würde lieber mit dem Auto fahren.«

»Ich nicht. Ich sage, schneller ist besser. Kommst du mit mir oder fährst du allein weiter?«

»Verdammt, du bist ein harter Verhandlungspartner, Honigbärchen. Wo wir hinfliegen, sollte es besser eine Klimaanlage geben«, knurrte er. »Es ist so verdammt heiß hier.« Seit sie gelandet waren, schwitzte er, wohingegen sie sich in der Hitze pudelwohl fühlte.

»Armer Papa Bär. Sobald wir an unserem Ziel ankommen, suchen wir dir einen Ventilator oder etwas zum Anblasen.«

»Und ich weiß genau, was wir dazu benutzen können.« Er ließ den Blick zu ihrem Mund wandern und sie wurde rot.

Aber diesmal, anstatt ihn zurückzuweisen, sagte sie schüchtern: »Warum nicht. Wenn du artig bist.«

»Ich bin sogar noch besser, wenn ich unartig bin«, sagte er und klopfte ihr leicht auf den Hintern.

Seine gute Laune hielt an, bis er den Helikopter sah.

»Der ist doch niemals groß genug«, erklärte er, als er den gelben Hubschrauber sah.

»Das ist die normale Größe für Rundflüge«, lautete ihre Antwort, mit der sie hoffentlich ihre eigene Unsicherheit kaschieren konnte. Er kam ihr nämlich auch ziemlich klein vor.

»Aber ich habe keine normale Größe«, erklärte er.

Da hatte der Bär natürlich auch wieder recht. Sie seufzte. »Dann fahren wir eben. Hoffen wir nur, dass deine Mutter nicht den Helikopter nimmt und vor uns ankommt.«

»Ein schlauer Schachzug, Honigbärchen, dass du meine Mutter gegen mich einsetzt. Und noch dazu ein unschlagbares Argument.«

Sie schnaubte. »Du glaubst immer noch ernsthaft, dass sie uns bis nach Südamerika folgt?«

»Meine Mutter kommt auf jeden Fall, und das ist meine eigene Schuld. Ich habe ihr von dir erzählt.«

Hollie brauchte einen Moment, um das zu verarbeiten, bevor sie zögernd fragte: »Was genau hast du ihr erzählt?«

»Genug, sodass ihr klar ist, dass wir zusammen sind.«

»Aber wir sind nicht auf diese Weise zusammen. Genau genommen.« Oder bedeutete die Tatsache, dass sie mehrmals hintereinander die Nacht mit ihm verbracht hatte, vielleicht etwas? Bis jetzt hatten sie sich nur ein paarmal geküsst.

»Du brauchst mir nichts vorzumachen, Honigbärchen. Wir wissen beide, dass die Sache zwischen uns noch ernster und intensiver werden wird. Und meine Mutter wird versuchen, das zu ändern, sobald sie uns findet.«

Moment mal. Glaubte er etwa wirklich, dass sie ein Paar werden würden? Sie und dieser Chaosbär? Kam gar nicht infrage. Auf keinen Fall.

»Erklär ihr einfach, dass wir Partner sind. Dass wir gemeinsam ein Rätsel lösen, so wie die Scooby Gang.«

»Und ich bin der gut aussehende Fred.« Er warf sich in Pose.

»Du bist eher der große dumme Shaggy.«

»Ah, du hältst mich also für einen schlauen, extrem beliebten Comichelden, der normalerweise das Verbrechen aufklärt.«

»Das wäre wohl eher Velma.« Sie winkte mit den Händen ab. »Warum streiten wir uns überhaupt darüber?«

»Weil es uns von dem Spielzeug ablenkt, in dem du mit mir herumfliegen willst.«

»Und wessen Schuld ist das? Wir hätten dein Kindermädchen auch einfach anrufen können. Aber stattdessen hast du ja darauf bestanden hierherzukommen, weil du so große Angst vor deiner Mami hast«, neckte sie ihn.

Er lehnte sich zu ihr hinab und flüsterte: »Du solltest besser auch große Angst haben. Denn wenn meine Mutter erst mal merkt, was ich für dich empfinde ...«

»Und was empfindest du?«, fragte sie und starrte zu ihm hoch.

»Du bist die Richtige für mich.« Da gab es kein Zögern. Und kein *Vielleicht* in seiner Feststellung.

»Dessen kannst du dir nicht sicher sein.« Selbst als ein Teil von ihr voller aufgeregter Hoffnung zu zittern begann.

»Ich war mir noch nie im Leben einer Sache so sicher«, rief er leidenschaftlich aus, bevor er sie küsste.

Sie schlang ihre Arme um seinen Hals und öffnete ihre Lippen. Ein heißer Seufzer ging von ihrem Mund zu seinem. Er stöhnte auf, als er sie schmeckte, dann fuhr er mit seiner Zunge die Konturen ihres Mundes nach. Das brennende Verlangen zwischen ihnen ...

»Ähm. Wir müssten dann langsam mal losfliegen, wenn wir vor Einbruch der Dunkelheit wieder landen wollen«, unterbrach ihr Pilot sie. Sie löste ihre Lippen von Andreis und knurrte. Er hielt sie fest, als sie am liebsten herumgewirbelt wäre und ihm eine verpasst hätte.

Er hörte sich viel zu ruhig an, als er erwiderte: »Nur einen Moment bitte.«

»Ihr habt dreißig Sekunden«, fuhr der Pilot sie an.

Andrei lehnte sich so weit zu ihr hinab, dass seine

Stirn ihre berührte. »Ich könnte schwören, der Mann hat einen Todeswunsch. Und sein Timing ist wirklich schlecht.«

»Du könntest recht mit der Aussage haben, dass die Welt sich gegen uns verschworen hat und wir uns nie in Ruhe küssen können.«

Er gab ihr einen kleinen Kuss auf die Nasenspitze. »Mein perfektes Honigbärchen, ich verspreche dir, dass wir einen perfekten Kuss ohne Unterbrechungen haben werden. Heute Abend.«

»Aber das dauert noch so lange.«

»Eine ganze Ewigkeit«, stimmte er ihr zu. »Das halte ich nicht aus.«

»Verdammt noch mal, fliegen wir vielleicht mal langsam los!« Der Pilot machte eine unfeine Geste, während er das rief.

»Du hast recht, er muss sterben«, murmelte sie nun.

»Erst wenn er diesen Spielzeugflieger wieder gelandet hat. Komm schon, Honigbärchen, tun wir es, bevor ich es mir anders überlege.« Er nahm sie fest bei der Hand, als er in den Hubschrauber einstieg, und selbst sie musste zugeben, dass er winzig wirkte, als sie sich neben den riesigen Bären setzte.

»Ist das nicht ausgesprochen gemütlich?«, fragte sie, wobei der ziemlich mickrig wirkende Sicherheitsgurt auch nicht half, ihre Nervosität etwas zu dämpfen. Die Tür schloss sich klickend, doch sie sah keinen Riegel oder so was, womit man sie versperren konnte.

Sie hoffte wirklich, sie würde nicht rausfallen. »Vielleicht hast du recht. Vielleicht hätten wir doch lieber einfach mit einem Wagen fahren sollen.« Sie legte die Hand an die Schnalle des Sicherheitsgurtes und war schon bereit aufzugeben. Plötzlich kam ihr das Ganze nicht mehr wie eine gute Idee vor.

Er legte seine Hand auf ihre. »Ist schon in Ordnung.«

Woraufhin der Pilot sich umdrehte und sagte: »Wir müssen das Gewicht ein bisschen besser verteilen.«

»Und was soll das heißen?«, knurrte Andrei.

»Das heißt, dass du Fettsack in der Mitte sitzen musst und deine Freundin auf deinem Schoß.«

Sie wollte gegen den Teil mit der Freundin protestieren, aber Andrei entschied sich, dem Piloten zu gehorchen, und hatte sie innerhalb eines einzigen Augenblicks losgeschnallt und auf seinen Schoß gezogen.

Allein der Umstand, dass der Pilot etwas von ihnen verlangte, das völlig gegen alle Flugsicherheitsvorschriften verstieß, sorgte dafür, dass sie sich wünschte, sie hätte einen größeren Hubschrauber gemietet, denn Andrei war nicht fett. Groß? Ja. Aber muskulös am ganzen Körper. Sie hatte sich selbst immer als durchschnittlich groß eingeschätzt, aber neben ihm fühlte sie sich zierlich und klein.

Der Hubschrauber ruckelte und sie verkrampfte sich. Um sich von ihrem Flug abzulenken, sagte sie: »Als ich klein war, wollte ich immer ein Baumhaus haben. So ein richtig großes, bei dem die einzelnen Räume mit Hängebrücken verbunden sind und das sich über mehrere große, dicke Bäume hinwegzieht. Und du?«

»Eine Burg am Meer. Vielleicht in Irland, mit einem Balkon, der über ein Kliff hinausragt und die arktischen Winde abbekommt, wenn sie wehen.«

»Das hört sich ziemlich kalt an.« Sie erschauderte.

»Ich würde dich schon warm halten.« Er legte seinen Arm um sie und sie lehnte ihren Kopf an ihn.

»Wir sind wirklich komplette Gegensätze«, konnte sie nicht umhin zu bemerken.

»Allerdings.«

»Das mit uns würde nie funktionieren.«

»Doch, würde es.« Und wieder sagte er es ruhig und bestimmt.

Könnte es das vielleicht wirklich?

Als der Hubschrauber schwankte, hielt sie sich so sehr an ihm fest, dass er murmelte: »Hab keine Angst.«

»Habe ich doch nicht.«

»Würde es dir dann etwas ausmachen, mir nicht mehr die Blutzufuhr abzuschneiden?«

Sie saß auf seinem Schoß mit dem Gesicht nach vorn und hielt sich mit den Fingern an seinem Oberschenkel fest wie ein Schraubstock.

»Entschuldige.« Sie legte ihre Hände in den Schoß.

»Wenn sich überhaupt jemand Gedanken machen

sollte, dann doch wohl ich. Katzen landen schließlich immer auf den Füßen.«

»Und worauf landen Bären?«

»Auf ihren Köpfen.« Der Hubschrauber verlor ein wenig an Höhe und er wurde nervös. Mindestens genauso sehr wie sie. Und dadurch fühlte sie sich aus irgendeinem unerfindlichen Grund besser.

»Das würde auch dein Gesicht erklären.«

»Hast du nicht behauptet, es sei hübsch?«

»Anscheinend brauche ich eine Brille, denn ich hätte sagen sollen, dass du verwegen aussiehst und schon genug abbekommen hast. In Zukunft solltest du eher auf deinem dicken Hintern landen.«

Er wurde ganz steif vor Empörung. »Ich habe keinen dicken Hintern.«

»Dem Piloten zufolge schon«, neckte sie ihn.

Der Helikopter sank abrupt ein wenig ab und diesmal war sie es, die schluckte, als ihre Nerven bloß lagen. Der Helikopter sank und stieg wieder auf und kämpfte mit einem Wind, der manchmal stärker war, als sie es waren.

»Das ist ja fast wie eine Achterbahnfahrt«, sagte sie, aber ihr Lachen war eine Oktave zu laut.

»Da kann ich leider nicht mitreden. Ich darf nie mitfahren, weil ich zu groß bin.«

»Da geht es immer hoch und runter und dann durch die Loopings.« Sie wandte sich auf seinem Schoß und sprang auf und ab.

»Da kannst du mit mir flirten, so viel du willst, das

täuscht mich trotzdem nicht darüber hinweg, dass unser fliegender Sarg Schwierigkeiten hat.«

Sie verzog das Gesicht. »Bitte nenne den Hubschrauber keinen Sarg. Und ich habe nicht geflirtet.«

»Und das von der Frau, die mit ihrem Hintern auf meinem Schwanz herumhopst«, flüsterte er ihr ins Ohr.

»Aber ich habe doch gar nicht ...« Sie hörte mitten im Satz auf, damit er sich keine Lüge anhören musste. Sie hatte sich tatsächlich mehr an ihm gerieben, als es hätte sein müssen. Der billige Spaß ist eine quälende Erinnerung an das, was sie eigentlich von dem Bären wollte.

»Du kannst ruhig zugeben, dass du dich zu mir hingezogen fühlst«, erklärte er selbstgefällig.

»Du siehst ja nicht gerade schlecht aus.«

»Dein überschwängliches Lob macht mich noch ganz verlegen. Hör bloß auf«, entgegnete er trocken.

»Schlaumeier.«

»Noch mehr Komplimente? Mein armes Bärenhirn wird noch explodieren.«

»Gibt es das überhaupt?« Sie konnte nicht umhin zu lachen.

»Verzogene Göre«, knurrte er und grub ihr seine Finger in die Seiten unter den Armen, um zu sehen, wo sie kitzelig war. Sie wand sich und kicherte und der Pilot rief: »Seid ihr völlig bescheuert?«

Anscheinend war das der Fall, denn für einen

Moment hatten sie beide vergessen, dass sie sich in einem winzigen Helikopter befanden, der darum kämpfte, nicht in den Wipfeln der Bäume zu enden.

Sie saß still und sah aus dem Fenster. »Also, das Gute daran ist, dass uns wahrscheinlich keiner gefolgt ist.« Sie befanden sich in dem einzigen fliegenden Gerät am Himmel. Der Flug würde weniger als eine Stunde dauern.

Als ihr Flug ruhiger wurde, verlor Hollie ihre Nervosität und lehnte sich von Andreis Schoß nach vorn, um nach draußen zu schauen. Alles sah so winzig aus. Grüne Hügel mit braunen Adern, die sich abzeichneten, ein üppiger Waldteppich unter ihnen. Östlich von ihnen lag eine Bergkette, die mit noch mehr Blattwerk bedeckt war.

»Sieh dir das mal an. Alles ist so grün«, rief sie.

»Ist schon in Ordnung.« Andrei blieb ganz still sitzen und starrte auf den Hinterkopf des Piloten. Er hatte sich nicht mehr bewegt, seit dieser mit ihm geschimpft hatte.

»Und da behaupten die Leute, ich sei feige.« Sie zwinkerte ihm über ihre Schulter hinweg zu und er hob die Hand, legte sie an ihre Wange und rieb ihr mit dem Daumen über die Unterlippe.

»Ich kann es kaum erwarten, dich zu küssen«, gab er zu.

»Damit wartest du am besten noch, sonst bekommen wir wieder Ärger mit unserem Piloten.«

»Das Risiko würde ich sogar eingehen.«

Ihre Lippen verzogen sich zu einem Lächeln, doch ein nagender Gedanke in ihrem Hinterkopf brachte sie dazu zu sagen: »Hältst du es für eine gute Idee, dass wir uns in dieser Sache einmischen?«

»Ich halte es sogar für eine ganz ausgezeichnete Idee. Wir werden sehr viel Spaß haben und Abenteuer zusammen erleben.«

»Du redest so, als würden wir einander wiedersehen, nachdem diese Geschichte mit dem Schlüssel erledigt ist.«

»Weil das der Fall sein wird. Und zwar für sehr lange, würde ich sagen. Solange meine Mutter dich nicht umbringt.«

»Ist sie wirklich so verrückt?«

»Noch viel verrückter. Aber mach dir keine Gedanken. Ich sorge dafür, dass du in Sicherheit bist.« Er rieb seine Wange an ihrem Haar und sie schmiegte sich an ihn.

»Und wie willst du das von Russland aus machen?« Denn irgendwann würde er ja doch zurückkehren müssen.

»Ich habe geschäftlich einiges in Amerika zu erledigen, deswegen kann ich monatelang bleiben. Und du kannst kommen, um mich in Russland zu besuchen.«

»Ich kann nicht einfach so abhauen. Schließlich habe ich einen Job.«

»Dann arbeitest du eben, wenn du mich besuchen kommst. Ich kann dir durchaus Aufträge verschaffen.«

Sie dachte darüber nach, bevor sie fragte: »Du

hättest nichts dagegen, dass ich weiterhin als Klempnerin arbeite?«

»Das wäre mir lieber, als wenn du ständig nur zu Hause sitzt und all meinen guten Wodka trinkst.«

»Ich mag überhaupt keinen Wodka.«

Daraufhin schüttelte er den Kopf. »Das ist unmöglich. Jeder liebt guten Wodka. Du wirst schon sehen.«

»Werde ich das tatsächlich? Du behauptest ja ständig, deine Mutter möchte nicht, dass wir ein Paar werden.«

»Ich werde mich schon um meine Mutter kümmern.«

Anscheinend war jetzt der richtige Zeitpunkt gekommen, Geständnisse zu machen, denn sie hörte sich sagen: »Allerdings ist es nicht nur deine Mutter, die ein wenig verrückt werden könnte, wenn wir eine Beziehung eingehen. Auch meine Familie könnte Ärger machen.«

»Blödsinn. Ich habe deine Tanten kennengelernt. Ich weiß, wie man mit solchen Kätzchen umgeht.« Er hob ihr Gesicht an, um sie zu küssen. Ihre Lippen berührten sich und sofort standen sie unter Feuer. Es war eine unglaubliche Begierde.

Ihr Atem beschleunigte sich. Hitze pulsierte zwischen ihnen. Die Welt war aus den Angeln gehoben und drehte sich um sie herum.

Buchstäblich. Und zwar nicht, weil sie die Kontrolle verloren hatten.

»Irgendetwas stimmt nicht«, keuchte sie.

»Für mich fühlt sich alles richtig an.« Er zupfte an ihrer Unterlippe, doch sie löste sich von ihm, da ihr Blick plötzlich von etwas Dunklem abgelenkt wurde, das am Fenster vorbeiflitzte. *Wirbel, spritz.*

Sie sah ein paar der Überreste an sich vorbeifliegen. Dann mehr dunkle Schlieren und dumpfe Schläge, als träfe etwas den Rumpf des Hubschraubers.

»Was zum Teufel ist das?«, rief Andrei.

Es war ihr Pilot, der antwortete: »Jemand muss ein ganzes Rudel Fledermäuse aufgeschreckt haben. Haltet euch fest.«

Fledermäuse? Hollie konnte durch das Cockpitfenster sehen und staunte nicht schlecht, als eine wahre Wolke von kleinen Tieren sie plötzlich einhüllte. Tock. Tock. Klatsch. Bumm.

Die geflügelten Nager schlugen gegen die Hülle des Hubschraubers und verfingen sich in den Rotorblättern. Das bedrohlichere Geräusch war jedoch das Stottern der Motoren.

Dann die Stille, als sie ausgingen.

Kapitel Elf

Als die Motoren des Helikopters erstarben, war es nicht der richtige Zeitpunkt, um anzumerken: *»Das habe ich dir ja gleich gesagt.«* Andrei hatte es besser gewusst, als in diese winzige Todesfalle zu steigen, und nun, da er recht behalten sollte, war es an der Zeit, darüber nachzudenken, was sie tun konnten, damit sie den Absturz überleben würden.

Er richtete sich gerade auf den Absturz ein, als Hollie fragte: »Glaubst du, an Bord befinden sich Fallschirme?«

»Selbst wenn das der Fall sein sollte, sind wir nicht hoch genug, um sie zu öffnen«, erklärte er ihr. »Wir müssen uns auf einen Absturz vorbereiten.«

»Inwiefern denn vorbereiten? Indem wir uns einen Airbag aus dem Hintern ziehen?« Trotz ihres Sarkasmus konnte sie ihre Angst nicht ganz verbergen.

»Ich werde nicht zulassen, dass du stirbst.« Und

nachdem er diese Aussage gemacht hatte, fügte er schnell hinzu: »Und warum machst du dir überhaupt solche Gedanken? Du bist doch eine Katze.«

»Wir landen eben nicht immer auf unseren Füßen«, murmelte sie.

»Ich denke«, sagte er und versuchte, das Pfeifen zu ignorieren, während sie an Höhe verloren, »dass du mir einen Kuss versprechen solltest, wenn wir das überleben.«

»Ich gebe dir mehr als nur das, wenn wir wirklich überleben sollten.«

»Drück dein Gesicht an mich«, war das Letzte, was er zu ihr sagte, als sie die Wipfel der Bäume im Dschungel erreichten.

Knister. Knirsch.

Sie wurden durchgeruckelt und -geschaukelt, aber Andrei hielt Hollie die ganze Zeit über fest. Selbst als der rasante Absturz des Wracks abrupt endete und sie in einem Winkel hingen, ließ er sie nicht los. Alles, was nicht angeschnallt gewesen war, flog umher, auch ihre Tasche. Sie fiel durch den Spalt in die Front des Hubschraubers und landete auf der Wölbung der Windschutzscheibe. Durch sie hatte er einen guten Blick darauf, wie weit sie fallen würden.

»Lebt ihr noch?«, rief der Pilot.

»Ja, aber wir müssen hier raus, bevor das Ding sich wieder in Bewegung setzt.« Ihre prekäre Lage sorgte dafür, dass sie keine abrupten Bewegungen machten.

»Riecht sonst noch jemand Rauch?«, fragte Hollie.

»Ja, ich rieche ihn auch.« Das hieß nie etwas Gutes.

Hollie tippte auf die Hände, mit denen er sie noch immer festhielt. »Lass mich mal nachsehen, ob ich die Tür aufbekomme.« Sie balancierte auf der Kante des Rahmens. Während sie in die Hocke ging, um nachzusehen, suchte Andrei nach Haltegriffen, bevor er seine Füße verlagerte.

»Wissen Sie, wie weit wir ungefähr von der nächsten Stadt entfernt sind?«, fragte er ihren Piloten, der auf seiner Frontscheibe stand und sich an seinem Sitz festhielt, um sie anzusehen.

»Wir wären in etwa zehn Minuten gelandet. Aber das ist immer noch eine Stunde oder mehr zu Fuß, vor allem in diesem Gelände«, beschwerte sich der Mensch.

»Eine Stunde? Das ist doch gar nichts«, lachte Hollie verächtlich. Sie zerrte am Schließmechanismus der Tür, doch diese bewegte sich nicht. »Die Tür klemmt. Kriegst du sie vielleicht auf?«, fragte sie Andrei.

»Kackt ein Bär in den Wald?«

»Nur diejenigen, die nicht gezähmt und stubenrein sind«, erwiderte sie frech.

Er lachte. »Du darfst mich jederzeit zähmen, Honigbärchen.«

»Vielleicht tue ich das auch, Papa Bär.«

Ihr Pilot starrte sie böse an. »Ihr habt jetzt wirklich

keine Zeit, hier rumzuknutschen. Wir müssen zusehen, dass wir aus diesem Vogel rauskommen.«

»Da bekomme ich wirklich Hunger«, grummelte Andrei, als er am Hebel an der Tür zerrte.

Hollie kicherte. »Wahrscheinlich ist er viel zu zäh.«

»Dann müssen wir ihn eben erst weichklopfen«, stimmte er ihr zu und zerrte erneut an dem Hebel. Nur dass die Tür sich eben nicht öffnen ließ.

»Ich glaube, die Tür klemmt«, erklärte der Pilot, als wäre das nicht offensichtlich.

»Dann müssen wir eben einen anderen Weg finden, um den Helikopter zu verlassen«, bemerkte Hollie und tastete mit den Fingern am Rahmen des Hubschraubers entlang. Das Fenster bestand aus einem einzigen Stück, das fest mit dem Rahmen verbunden war. Auf der gegenüberliegenden Seite sah es genauso aus. Mittlerweile wurde der Rauch im Inneren auch dichter.

»Wir müssen über das Cockpit rausklettern.« Andrei zeigte darauf und sie alle sahen nach unten, und bevor er sagte, sie sollen sich in Bewegung setzen, bewegte sich der Pilot und stampfte auf die Windschutzscheibe. Diese knarrte.

»Du Idiot, hör auf damit.« Andrei konnte spüren, wie der Helikopter in dieser prekären Situation bebte.

»Wir müssen hier sofort raus, bevor wir bei lebendigem Leib verbrennen.« Der Pilot war jetzt völlig in

Panik ausgebrochen und trat erneut mit dem Fuß zu. Risse erschienen auf der Frontscheibe.

»Halte dich gut fest«, erklärte Andrei Hollie.

Bevor der Pilot ein weiteres Mal zutreten konnte, neigte der Helikopter sich stöhnend.

Metall kreischte auf.

Der Mensch verlor das Gleichgewicht und landete mit seinem Hintern fest auf dem bereits gesprungenen Glas. Die Scheibe hielt das Gewicht nicht aus.

Die Scherben fielen hinab in die Tiefe und rissen den Piloten mit sich. Er schrie, bis er unten landete.

»Es geht wohl ziemlich tief nach unten«, bemerkte Hollie.

»Immerhin wird er uns nicht mehr unterbrechen.«

Sie sah ihn mit hochgezogener Augenbraue an.

»Zu früh, um Witze zu machen?«

»Der Mann ist immerhin *gerade erst* gestorben.«

»Weil er die grundlegenden Gesetze der Schwerkraft vergessen hat. Sei vorsichtig.«

»Sei du vorsichtig. Ich möchte nicht, dass du mich mitnimmst, wenn du ausrutschst.«

»Möchtest du denn lieber als Erste gehen?«

»Willst du damit andeuten, dass ich sowieso fallen werde?«

»Bist du schon oft auf Bäume geklettert?«

»Versuch einfach mitzuhalten, Papa Bär.« Sie ließ sich nach unten fallen und benutzte den Sitz des Piloten, um ihren Fall abzubremsen, bevor sie nach dem

Fensterrahmen griff und sich nach draußen gleiten ließ.

Rauch füllte die Kabine.

»Wenn ich als Erster auf dem Boden ankomme, habe ich einen Preis verdient«, erklärte er und folgte schnell.

»Wenn du schneller bist als ich, gebe ich dir einen Kuss.«

»Und wenn du mich schlägst?«, fragte er und hing mit den Fingerspitzen vom Fensterrahmen, wobei er hören konnte, wie der gesamte Helikopter stöhnte. Der Ast, den sie benutzt hatte, wäre vielleicht ein wenig zu dünn für ihn. Er angelte mit den Zehen nach einem dickeren Ast.

»Wenn ich gewinne ... dann kannst du heute bei mir schlafen, aber *nur* schlafen, damit ich dich als Kissen benutzen kann.«

»Also, das ist ja wirklich grausam«, beschwerte er sich.

»Dann darfst du eben nicht verlieren«, trällerte sie. Hollie, die sich bereits einen Ast unter ihm befand, hatte ihre Sandalen ausgezogen und ihr Sommerkleid hochgezogen, sodass man ihre bloßen Beine sehen konnte, während sie kletterte. Schnell folgte er ihr, wobei er seine blanke Kraft benutzte, um sich von einem Ast zum anderen zu hangeln. Er hielt sein Gewicht aus.

Die Äste über ihnen begannen zu rauschen und

bogen sich unter dem Gewicht des Eindringlings in ihrer Mitte. Er blickte auf den Hubschrauber, der knapp über ihm und Hollie hing.

»Wir müssen schleunigst von diesem Baum runterkommen«, erklärte er.

Der Hubschrauber ächzte und bewegte sich, wobei Blätter und Äste auf sie herabregneten.

»Oh, verdammt«, murmelte sie, schmiegte sich an den Stamm und bewegte sich darum herum auf eine Stelle zu, von der aus sie zum nächsten Baum springen konnte.

»Schneller!«, rief er und sprang ein paar Äste hinunter, um zu ihr zu gelangen. Sie hatte gezögert und sich nach ihm umgesehen.

Er ergriff ihre Hand, um über den dicken, sich gabelnden Ast zu laufen. Der andere Baum war so nah und doch so fern, als ein mächtiges Krachen über ihnen ertönte.

Sie hatten keine Zeit mehr. Andrei schlang einen Arm um Hollies Taille. Mit der anderen Hand ergriff er eine Ranke und wickelte sie um sein Handgelenk. Da er seine Schuhe verloren hatte, gruben sich seine Zehen ein, als er die wenigen Meter, die ihm noch blieben, auf dem Ast lief, bevor er sprang.

Und ja, er stieß einen Tarzanschrei dabei aus. Sie erreichten gerade noch rechtzeitig den nächsten Baum. Mit einem Ächzen und einem Beben begann der Hubschrauber zu stürzen, zog Äste mit sich und stieß gegen ein paar Bäume, wobei er einen komplett umwarf.

Wenn ein Baum im Wald fiel, bebte die ganze Welt, und zwar so stark, dass Andrei von dem Ast, auf dem er balancierte, abrutschte und wegschwang. Er musste den Rückschwung abwarten, bevor seine Zehen wieder die Rinde berührten. Er hielt sich daran fest und wölbte seinen Körper, bis er das Gleichgewicht wiedergefunden hatte.

»Verdammt noch mal«, sagte Hollie außer Atem. »Nicht zu fassen, dass die Liane unser Gewicht ausgehalten hat.«

»Wow, das war wirklich ziemlich tarzanmäßig«, rief er mit breitem Grinsen, als er sie neben sich auf einem dicken Ast absetzte.

Sie hielt sich noch einen Moment lang an ihm fest, bevor sie murmelte: »So langsam verstehe ich auch, wie du deine Koffer verlieren und deine Klamotten ruinieren konntest.«

»Meine Sachen zu verlieren, weil mein Transportmittel mitten im Dschungel abstürzt, ist etwas Neues. Meistens verliere ich mein Gepäck, weil meine Mutter es in Brand steckt.«

»Ich weiß nicht, ob du dir einen Scherz mit mir erlaubst oder ob du es ernst meinst.«

Er lächelte. »Wenn ich es mit dir treibe, dann meine ich es ernst. Es wird intensiv sein. Und ausgesprochen viel Spaß machen.«

Sie wurde ganz rot, und zwar nicht aufgrund der

Hitze. »Aber wieder hat das Schicksal uns ein Schnippchen geschlagen.«

»Wohl kaum. Du hast doch unseren Piloten gehört. Wir sind nur etwa eine Stunde von der Stadt entfernt. Heute Abend windest du dich auf dem Bettlaken.«

Ihm entging nicht, wie ihre Augen groß wurden und ihr der Atem stockte. Und er konnte einfach nicht widerstehen und lehnte sich zu ihr, wobei er auf der Stelle stand, wo der Ast am dicksten war und am Baum festgewachsen, damit sie in Sicherheit war.

»Muss ich dich daran erinnern, Papa Bär? Noch hast du die Wette nicht gewonnen.« Sie duckte sich und schlüpfte unter seinen Armen hindurch. »Wir sehen uns unten«, erklärte sie und sprang einen Ast weiter nach unten.

»Oh ja, das werden wir.« Denn er würde den versprochenen Kuss auf jeden Fall gewinnen.

Allerdings erwies sie sich als wendig und bewegte sich schnell, da sie aufgrund ihrer geringeren Größe mehr Äste zur Verfügung hatte, die sie nutzen konnte. Als sie auf dem Boden aufkam, bewegte sie sich weiter, weg von dem Wrack, was klug war.

Als sie anhielt, geschah das ganz plötzlich, und sie schlang ihre Arme um seinen Hals. »Ich habe gewonnen.«

»Vielleicht das Wettrennen zum Erdboden. Aber was ist mit dem Kuss, den du mir versprochen hast, wenn wir überleben?«

»Da braucht wohl jemand einen Trostpreis?«, fragte sie ein wenig schüchtern.

»Ich brauche nur dich.«

Sie stellte sich auf die Zehenspitzen, und weil sie trotzdem zu klein war, hob er sie hoch, damit sie ihren Mund über den seinen legen konnte. Heiß. Feucht. Weich. Mit geöffneten Lippen.

Er stöhnte bei der Berührung ihrer Zunge. Ihrem Geschmack. Er hatte sie mit dem Rücken gegen einen Baum gedrückt, ohne auch nur zweimal darüber nachzudenken.

Er ließ seine Hand den Saum ihres Kleides hinaufgleiten, strich über ihre Rippen und umschloss ihren Baumwoll-BH. Mit dem Daumen strich er über ihre Brustwarze und fühlte, wie sie sich hinter dem Stoff zusammenzog.

Sie stöhnte und wölbte sich in ihn hinein, stieß ihre Hüften vor. Sie spreizte ihre Schenkel um sein Bein und drückte sich an ihn.

Ihr Verlangen war rasend, und er wusste warum. Das Adrenalin, weil sie überlebt hatten. Der Triumph, dem Tod ein Schnippchen geschlagen zu haben. Jetzt wollte sie feiern, indem sie etwas tat, bei dem sie sich noch lebendiger fühlte.

Er ließ sich vor ihr auf die Knie fallen und schob den Saum ihres Rockes nach oben.

»Das sollten wir nicht tun«, hauchte sie, wobei sie jedoch ihre Finger in seinem Haar vergrub.

»Gib mir nur einen guten Grund, der dagegen spricht.«

»Verhütung.«

»Wenn ich meinen Mund oder meine Finger benutze, kannst du nicht schwanger werden«, sagte er und blies seinen heißen Atem auf sie. Er vergrub Mund und Nase in ihrem Schlüpfer und sie stöhnte. Wie gut sie roch. Und wie feucht sie war. Und wie erregt.

Sie konnte es nicht vor ihm verstecken. Sie bebte vor Erregung. Ihr Verlangen brachte sie dazu zu murmeln: »Worauf wartest du noch?«

Nun, da er die Erlaubnis erhalten hatte, zerrte er das Höschen mit den Zähnen herunter, weit genug, sodass es zu Boden fiel und ihm nicht im Weg war. Er spreizte ihre Schenkel und hob ein Bein an, sodass es auf seiner Schulter ruhte und sie ihm ganz entblößt gegenüberstand.

Er nutzte das voll aus und leckte an ihrer honigsüßen Muschi. Er öffnete ihre Schamlippen und spürte ihre Hitze und wie sie zitterte. Er fand ihre Lustknospe und begann, sie zu liebkosen, strich über den geschwollenen Punkt, bis sie seinen Namen keuchte und an seinem Haar zerrte.

Er stieß seine Finger in sie, während er leckte und sie liebkoste. Er stieß sie härter und spürte, wie sie sich um ihn herum zusammenzog, ihr ganzer Körper sich anspannte, ihr Mund sich öffnete. Weiter. Ihr Atem stockte. Ihr ganzes Inneres verkrampfte sich.

Dann kam sie.

Sie kam so verdammt heftig auf seinen Fingern zum Höhepunkt. An seinem Mund. Sie kam zum Orgasmus und schrie seinen Namen laut heraus.

Und er war noch nie in seinem Leben so verdammt erregt gewesen.

Bis etwas auf seinem Kopf landete.

Kapitel Zwölf

»Das ist nicht witzig«, grummelte er zum hundertsten Mal, seine Wangen immer noch gerötet.

»Ich finde es niedlich, dass so ein großer, starker Kerl wie du vor Spinnen Angst hat.«

»Nicht vor Spinnen, die eine normale Größe haben. Das Ding war so groß wie meine Faust. Und außerdem ganz haarig!«, rief er. Er beäugte misstrauisch die Äste über sich. »Es war wirklich ekelhaft.«

»Und für die Leute deiner Rasse völlig harmlos, könnte ich wetten. Wahrscheinlich hatte die Spinne mehr Angst vor dir als du vor ihr.«

»Das wage ich stark zu bezweifeln«, sagte er und sie fand seinen bösen Blick wirklich niedlich.

Sie fragte sich, wie viel davon mit Frustration zu tun hatte. Während sie einen Orgasmus epischen Ausmaßes gehabt hatte, hatte der arme Kerl den

Schreck seines Lebens bekommen, als diese riesige Spinne auf seinem Kopf gelandet war und beschlossen hatte, ihn zu erkunden.

Die Schreie, die ihr Bär ausstieß ...

Hätte sie es nur aufgenommen. Stattdessen griff sie nach ihrer Unterwäsche, über der ein Schwarm Insekten kreiste, als sie sie aufhob. Nachdem sie kurz darüber nachgedacht hatte, begann sie, ihr Kleid aufzuknöpfen.

»Ich halte es für keine gute Idee, hier draußen Sex zu haben, wenn hier solche Viecher unterwegs sind.« Erneut beäugte er das Blätterdach über sich.

»Ich würde sagen, das hat sich sowieso erledigt. Aber ich kann wirklich keine Stunde ohne Unterwäsche und Schuhe im Urwald herumlaufen. Verwandeln wir uns.«

»Aber dann sind wir nackt, wenn wir in der Stadt ankommen«, gab er zu bedenken.

»Jetzt erzähl mir nicht, dass dir das noch nie zuvor passiert ist.«

Er zuckte mit seinen breiten Schultern. »Doch, das passiert mir ständig. Daher weiß ich auch, dass die Menschen sich manchmal ein bisschen aufregen, wenn ich auftauche und sie meine Kronjuwelen sehen können.«

Sie stemmte eine Hand auf die Hüfte. »Glaubst du, hiermit werden die Menschen ebenfalls ein Problem haben?« Sie blickte an ihrem nackten Körper herab, bevor sie ihn schnell wieder ansah, um festzustellen, dass er sie anstarrte.

Es war ziemlich grausam. Aber sie fühlte sich nach ihrem Orgasmus stark. Als hätte sie die Kontrolle.

»Du darfst nicht zulassen, dass jemand dich so sieht«, stöhnte er. »Dann muss ich denjenigen nämlich umbringen und wir könnten in Erklärungsnot geraten.«

Eifersucht? Ihretwegen? Eigentlich hätte sie darüberstehen sollen. Trotzdem fand sie es großartig.

»Bist du bereit, Papa Bär?« Sie trat näher an ihn heran und hob den Kopf, um zu ihm hochzusehen. Er glühte geradezu vor Verlangen. Aber er war kein Tier.

Zumindest nicht, was seine sexuelle Begierde betraf. Er murmelte: »Sobald wir ein Bett finden, bist du dran, Honigbärchen.«

Deutlicher wurde er nicht. Musste er auch gar nicht.

Sie verwandelte sich und wartete nur einen Augenblick, um sich davon zu überzeugen, dass er ihr folgte, bevor sie loslief. Es hatte etwas Berauschendes, dass er sie verfolgte. Im Vergleich zu ihr war er riesig. In einem Kampf würde er allein durch seine schiere Größe die Oberhand behalten. Und doch war dieser große Mann auf die Knie gesunken, um sie zu verwöhnen.

Sie hätte gewettet, dass er es noch einmal tun würde, wenn sie sich jetzt wieder verwandelte und ihn darum bitten würde.

Diese Vorstellung war so verlockend, dass sie kurz langsamer wurde, woraufhin er an ihr vorbeistürmte mit seinem großen, schwerfälligen, haarigen Hintern und einem keuchenden Schnauben, sodass sie sich beeilen musste, um mit ihm Schritt zu halten.

Erst als der Geruch der Zivilisation sie erreichte, wurden sie langsamer und vorsichtiger und folgten einem dünnen Faden Rauch zu einem Haus im Wald. Es stand auf einer von Bäumen umgebenen Lichtung, und auf einer vollen Wäscheleine leuchtete die frisch gewaschene Wäsche im Sonnenschein.

Während er Wache hielt, ging sie auf die trocknenden Kleider zu und versteckte sich hinter einem aufgehängten Laken. Sie schnappte sich das, was am einfachsten war und am nächsten lag. Das übergroße Männerhemd reichte ihr beim Anziehen nur bis knapp über das Knie und war so voluminös, dass sie sich einen hängenden Strumpf schnappte und ihn als Gürtel benutzte. Sie verzichtete auf Unterwäsche.

Während ihr das Hemd viel zu groß war und sie sich es ein paarmal um den Körper hätte wickeln können, passte ein T-Shirt aus Baumwolle, das ebenso weit zu sein schien, ihrem großen Bären kaum. Und was die Hose anging? Sie biss sich auf die Lippe, um nicht zu lachen, denn sie war hauteng und viel zu kurz.

»Vielleicht sollte ich es doch lieber mit einem Lendenschurz probieren.«

Fast hätte sie gesagt: »*Ja, mach das.*« Mit nichts weiter bekleidet als einem Stück dünnen Stoffes und freiem Oberkörper sähe es sicher fantastisch aus. »Wir sollten besser verschwinden, bevor jemand bemerkt, dass wir die Sachen geklaut haben.«

»Sobald ich mein Handy wiederhabe und im Internet einkaufen kann, erinnere mich daran, ein paar Sachen hierherzuschicken«, erklärte er, während sie einem Trampelpfad zur Straße folgten.

»Und wie willst du das anstellen? Deine Kreditkarte hast du doch bei dem Helikopterabsturz verloren.«

»Da das nicht das erste Mal ist, dass mir so etwas in der Art passiert, habe ich ein paar Online-Einkaufsportale im Kopf, bei denen meine Kreditkartennummer gespeichert ist.«

»Wie praktisch. Kennst du vielleicht auch einen Online-Service, der einen aus dem Dschungel rettet?«

»Wir kommen schon klar.«

Sie schnaubte. »Dein Optimismus in allen Ehren, aber ich würde mich lieber nicht nur auf das Glück verlassen. Im nächsten Dorf leihe ich mir ein Handy und rufe das Rudel an, um um Hilfe zu bitten.«

»Davon würde ich abraten. Wahrscheinlich hat meine Mutter bereits längst euren Löwenkönig kontaktiert. Und dann wird er sich verpflichtet fühlen, ihr zu verraten, wo wir sind.«

»Wenn wir ihn darum bitten, würde Arik es deiner Mutter verschweigen.«

»Meiner Mutter wird es trotzdem gelingen, ihm die Information zu entlocken. Das ist so etwas wie ihre

Superkraft. Sie starrt einen an, bis man ihr all seine Geheimnisse verrät.«

Sie schnaubte verächtlich. »Das ist wohl nicht ihre Superkraft, sondern ein schlechtes Gewissen. Du bist wirklich ein Muttersöhnchen.«

»Ist das ein Problem?«

»Keine Ahnung. Ist es das? Du bist hier derjenige, der darauf bestanden hat, dass er nach Südamerika fliegen möchte, um ihr zu entkommen.«

»Oder vielleicht habe ich das nur als Vorwand benutzt, um mein Honigbärchen auf einen Urlaub in tropische Gefilde zu entführen.«

»Wenn du Urlaub sagst, muss ich an anständige Sanitäranlagen, weiche Bettwäsche und Cocktails denken.«

»Ich verspreche dir, dass du heute Nacht in einem Bett schlafen wirst.«

»Ein Urlaub bedeutet auch, Selfies zu machen und sie mit idiotischen Hashtags online zu posten.«

»Wenn du Bilder posten möchtest, können wir das schon machen. Dann haben die Ermittler wenigstens ein aktuelles Foto, wenn sie nach deiner Leiche suchen.«

Sie schlug ihm auf die Schulter. »Jetzt hör schon auf zu behaupten, dass deine Mutter mich töten würde. Besonders, da du ja anscheinend nicht vorhast, sie davon abzuhalten!« Hollie hatte die Nase voll von seinen makabren Scherzen.

»Ich versuche immerhin, euch beide voneinander fernzuhalten.«

»Warum bist du dir eigentlich so sicher, dass deine Mutter mich auf den ersten Blick hassen wird? Weil ich eine Löwin bin?«

»Zum Teil. Aber hauptsächlich deshalb, weil du eines Tages meine Frau sein wirst.«

»W-w-wie bitte?«, stieß sie schließlich stotternd hervor.

Aber erklärte er, was er damit meinte? Nein. Er schlenderte pfeifend dahin, ein barfüßiger Vagabund mit einem Lächeln, das seine Mundwinkel umspielte.

Und vielleicht war das der Moment, in dem sie sich vollends in ihn verliebte.

Mit staubigen Füßen betraten sie das Dorf und der arme Andrei triefte vor Schweiß. Der große russische Bär, der an ein kälteres Klima gewöhnt war, kam in der feuchten Dschungelhitze nicht so gut zurecht. Sie liebte die Wärme über alles. Sei es irgendwo in den Tropen oder wenn sie sich an jemanden kuschelte.

Im Dorf, das etwa aus zwei Dutzend Gebäuden oder so bestand, war mehr los, als sie erwartet hätte. Menschen aller Art liefen umher, einige trugen Körbe und Taschen. Kinder jagten sich gegenseitig und Bällen hinterher. Tiere liefen frei umher; Hühner, ein Schwein, ein paar Ziegen. Mopeds sausten vorbei, Karren, gezogen von Mauleseln und anderen Lasttieren, bevölkerten die Straße.

Erst als das ganze Dorf zu erstarren schien und alle

sie plötzlich anstarrten, fragte sie sich, wie oft Fremde zu Besuch kamen. Und das auch noch zu Fuß. Nicht viele, würde sie wetten. Oder beruhte die offene feindselige Haltung darauf, dass sie die Kleidung erkannten?

Je länger es andauerte, desto nervöser wurde sie.

Andrei brach das Schweigen. »Hallo. Ich bin Andrei Medvedev. Ich suche mein Kindermädchen Mila Miskouri. Weiß zufällig jemand, wo ich sie finden kann?«

»Medvedev.« Der Name wurde gemurmelt und das Flüstern in der Menge nahm zu, aber nicht auf Englisch, sodass sie nicht verstehen konnte, was gesprochen wurde. Die Dorfbewohner schwärmten aus und bildeten mit wütenden Gesichtern einen Kreis um sie herum.

Hollie drängte sich dicht an Andrei. »Was ist denn jetzt los?«

»Ich weiß es nicht, aber wenn man von ihrer Haltung ausgeht, würde ich sagen, sie sind wütend.«

»Vielleicht kennen sie die Person, von der wir die Kleider gestohlen haben?« Sie blickten an sich herab. Vielleicht kam ihnen das hellblaue Baumwollhemd bekannt vor. »Wir haben niemandem etwas getan. Das schwöre ich. Obwohl der Pilot des Helikopters während des Absturzes ums Leben gekommen ist. Wir hatten allerdings nichts damit zu tun!« Sie hob die Hände, um ihre Unschuld zu beteuern.

»Ich glaube nicht, dass das was geholfen hat«,

murmelte er, als die Menge sich enger um sie schloss. Andrei legte einen Arm um sie und hielt seine freie Hand hoch. »Kommt nicht näher.«

»Ihr seid verhaftet«, sagte ein älterer Mann mit dickem Bauch und grau meliertem Haar.

»Aus welchem Grund? Wir haben den Piloten nicht getötet. Und was die Kleidung betrifft, die wir uns geliehen haben, so hatte ich sowieso vor, sie mit einer großzügigen Entschädigung zu ersetzen, sobald ich wieder ein Handy habe.«

»Du bist ein Medvedev. Kennst du zufällig eine gewisse Lada?«, fragte der Kerl, der die aufgebrachte Menschenmenge anzuführen schien.

»Ja, die kenne ich. Sie ist meine Schwester«, murmelte er mit gepeinigtem Gesichtsausdruck. »Habt ihr sie vielleicht gesehen?«

»Das haben wir. Und ihr werdet für die Taten deiner Schwester verhaftet. Ergreift ihn.« Der alte Mann zeigte auf ihn, und die Dorfbewohner näherten sich mit Macheten und Knüppeln in der Hand.

Schnell schätzte Hollie ihre Optionen ab. Kämpfen? Es waren zu viele Menschen anwesend. Sie konnte sich nicht verwandeln, um sich einen Vorteil zu verschaffen. Und Andrei auch nicht. Sie könnten versuchen zu kämpfen, aber ohne die Kampffähigkeiten ihrer inneren Tiere würden sie überwältigt werden. Zumal es vermutlich besser wäre, niemanden zu töten. Das würde zu viel Aufmerksamkeit auf sie lenken.

»Ich komme freiwillig mit, aber ihr lasst meine Frau in Ruhe.«

Seine Frau? Sie sah ihn an und bemerkte seinen entschlossenen Gesichtsausdruck, mit dem er den alten Mann musterte, der sich vorgewagt hatte.

»Sie wird als deine Komplizin ebenfalls verhaftet.« Die Menge wurde mutiger und näherte sich weiter, bis sie nahe genug war, um anzugreifen.

Andrei spannte sich an und murmelte: »Bleib hinter mir. Ich regle das.«

»Als würde ich dich alleine kämpfen lassen. Du nimmst die zwölf Leute links und ich rechts. Wer mit seinen zuerst fertig ist, übernimmt die übrigen.«

»Ich werde nicht zulassen, dass jemand dir wehtut«, versprach er ihr feierlich, als die Dorfbewohner sich weiter näherten, offensichtlich mutig, weil sie keine Ahnung hatten, womit sie es zu tun hatten.

Würde Hollie sterben, um ihr Geheimnis zu bewahren? Sie bezweifelte, dass Andrei das tun würde.

Er handelte nicht, bis Hollie aufschrie, weil jemand einen Stein geworfen und sie getroffen hatte.

Auf ihren schmerzerfüllten Schrei hin spannte Andrei sich an und wurde größer, auch wenn er sich nicht ganz verwandelte. Seine Finger waren zu Krallen geworden und sie hätte gewettet, dass er ein paar scharfe Zähne haben würde, sobald er den Mund öffnete.

Es dauerte nur Sekunden und dann wirbelte er herum. Mit Gebrüll stürzte er sich in die Menge.

Dann ging das Geschrei los. Die Leute, die nicht an einem Kampf interessiert waren, flohen, verscheuchten Hühner und Hunde und schnappten sich Kinder. Diejenigen, die mutig genug waren, sich dem wütenden Mann zu stellen, stürzten sich auf Andrei, der sie herumschleuderte und ihnen wahrscheinlich ein paar Knochen brach. Aber da sie versuchten, ihm den Kopf einzuschlagen, war das wohl verständlich.

Jemand lief sogar auf Hollie zu, eine wild gewordene Frau mit einem Hackbeil. Hollie fing ihren Arm ab, hielt die Klinge von ihrem Gesicht weg und ignorierte das Jammern, das die Frau mit offenem Mund ausstieß. Sie würde dieser Frau, die nach Babyspeichel und Mehl roch, wehtun müssen.

Ein schriller Pfiff durchschnitt die Luft und die Frau, die sie festhielt, versteifte sich, bevor sie sich losriss. Ein weiterer Pfiff sorgte dafür, dass die Menge sich auflöste. Überall rappelten sich die Kämpfer vom Boden auf, stöhnten und hielten sich ihre verletzten Stellen.

Keiner war tot oder schwer verwundet. Mehr als ein paar warfen Andrei jedoch einen Seitenblick zu. Er fletschte seine Zähne, seine normalen Zähne, vor ihnen, sodass einige zusammenzuckten und andere sich bekreuzigten.

Der Anführer des Mobs ging auf die alte Frau zu, die den Dorfplatz mit dem steinumrandeten Brunnen betreten hatte. Hollie setzte sich auf dessen Rand und nahm den Wassereimer, um etwas zu trinken. Sie sah zu, damit sie verstand, was geschah.

Die alte Dame scheuchte den wild gestikulierenden und plappernden Mann weg. Der Anführer des Mobs schaute finster drein, stapfte davon und ließ Mila Miskouri zurück, die sich schwer auf einen Stock stützte, einen dicken Pullover trug und einen blauen Fleck im Gesicht hatte.

»Mein Kindermädchen.« Andrei, nun nicht mehr das furchterregende Mischwesen, sondern der lächelnde, fröhliche Typ, den sie kannte, machte einen Schritt auf die Frau zu.

Miskouri beäugte ihn einen Moment lang. Sie schürzte die Lippen. »Noch eines dieser nervtötenden Mitglieder der Familie Medvedev.«

»Ich war's nicht. Sie haben angefangen«, sagte er mit schmollend vorgeschobener Unterlippe.

»Und zwar wegen dem, was deine Schwester mir angetan hat.«

Er verzog das Gesicht. »Sie hat dir wehgetan?« Als sie daraufhin nickte, ließ Andrei den Kopf hängen und Hollie konnte spüren, wie sehr er sich schämte. »Es tut mir leid.«

Mila Miskouri seufzte schwer, bevor sie sagte: »Das weiß ich doch. Und du bist auch nicht für ihre Taten verantwortlich. Gehen wir irgendwohin, wo wir uns ungestört unterhalten können.« Die Dorfbewohnerin mit ihrem Hackbeil gestikulierte wild, aber Miskouri sagte nur ein einziges Wort und die Frau verstummte.

Sie folgten ihrer sich langsam bewegenden Gestalt, die sich schwer auf ihren Stock stützte, allerdings nur, bis sie den Rand des Dschungels erreicht hatten. Dann richtete Miskouri sich auf und der Stock wurde mehr zur Waffe als zur Stütze. Andreis Kindermädchen warf einen Blick über ihre Schulter.

»Und bevor du fragst, ja, ich habe ihnen etwas vorgemacht. Ich muss den Heilungsprozess verlangsamen, damit die Dorfbewohner nicht merken, dass ich anders bin als sie.« Denn Miskouri mit ihrem fast völlig ergrauten, lockeren Haar war eine Gestaltwandlerin. Eine Art von Bär, dessen Geruch sie nicht erkannte.

»Was bist du?«, wollte Hollie wissen. Sie fragte es lieber geradeheraus, als später etwas Dummes zu sagen oder in ein Fettnäpfchen zu treten.

»Ich bin ein Andenbär. Manche nennen uns auch Brillenbären, wir sind selten. So selten, dass ich nur ein einziges weiteres Mitglied meiner Rasse kenne.«

»Soll das etwa heißen, dass ihr aussterbt?«, fragte Hollie. Das war im Laufe der Jahrhunderte schon ein paar Gestaltwandlerrassen passiert. Zuletzt waren es die Adler gewesen. Die Delfine hatten sie auch verloren. Oder zumindest kamen sie nicht mehr an Land.

Miskouri zeigte mit dem Stock auf sie, während sie antwortete: »Es könnte passieren. Oder irgendwann irgendwo wird ein passives Gen aktiv.« Denn es passierte nur selten, dass verschiedene Rassen einen echten Hybriden hervorbrachten. Meistens tendierte das Kind dazu, eher der dominanten Rasse anzugehören. Das stärkere, dominante Gen, wie bei den Menschen zum Beispiel Augenfarbe oder Sommersprossen, setzte sich durch. Das hieß jedoch noch längst nicht, dass das andere Tier komplett verschwand.

»In unserer Familie gibt es eine Tante, die zwei Löwen als Eltern hat und trotzdem mit Streifen geboren wurde. Anfangs gab es ziemlichen Ärger, bis ein DNA-Test bestätigte, dass sie tatsächlich das Kind ihrer Eltern war.«

»Wir haben Lada mehrmals genetisch testen lassen, weil wir einfach nicht begreifen konnten, wie sie ein Teil unserer Familie sein kann«, erklärte Andrei leichthin, doch Hollie entging sein Unterton nicht.

»Ist deine Schwester wirklich so schlimm?«

Er zeigte mit einer Geste zu seinem Kindermädchen. »Warum fragst du nicht sie?«

»Ich befürchte, sie ist das, was man als schwarzes Schaf bezeichnet. Davon gibt es eins in fast jeder Familie. Eine Person, deren moralische Standards niedriger sind als die der anderen. Jemand, der nur an sich selbst denkt und dem es egal ist, wem er wehtut.«

»Du dachtest, sie hätte sich geändert«, stellte Hollie leise fest.

»Ja, ich bin voll auf sie reingefallen. Lada ist hergekommen unter dem Vorwand, mich besuchen zu wollen, um sich an die guten alten Zeiten zu erinnern. Ich hätte es besser wissen müssen. Sie war schon als Kind ein ungezogenes Gör und ist als Erwachsene sogar noch schlimmer«, erklärte Miskouri vehement.

»Lada hat dich geschlagen«, stellte Andrei fest und Hollie konnte spüren, wie angespannt er war.

»Nicht eigenhändig. Es waren ihre Komplizen, die mich verprügelt haben. Sie stand daneben und sah zu, als sie mich angriffen. Allerdings hat sie ihnen auch keinen Einhalt geboten.«

»Was für Komplizen?«, wollte Andrei wissen.

Miskouri verzog den Mund zu einer flachen Linie. »Deine Schwester arbeitet mit Menschen zusammen.«

Und das führte zu der nächsten und ausgesprochen wichtigen Frage. »Wissen diese Menschen, was wir sind?« Als sie noch ein Kind war, war die wichtigste Lektion, die Hollie jemals gelernt hatte, dass sie niemals ihre wahre Identität als Gestaltwandler preisgeben durfte.

»Ich weiß es nicht. Für mich sah es nicht so aus. Und auch Lada hat sich nicht auffällig verhalten. Also habe ich das auch nicht getan. Andernfalls hätte ich sie aufhalten können.« Miskouri hob eine Hand an ihr geschundenes Gesicht. Sie musste ziemlich heftig geschlagen worden sein, um immer noch einen so großen blauen Fleck zu haben.

»Und was wollten Lada und ihre Komplizen von dir?«, fragte Andrei.

»Ein Buch.«

Er erstarrte. »Das Buch, aus dem du uns immer vorgelesen hast, als wir noch klein waren?«

»Ja. Deine Schwester hat es gestohlen.«

Kapitel Dreizehn

Es ärgerte Andrei, dass er seine Schwester so knapp verpasst hatte. Vor allem, weil er das zerschundene Gesicht seines Kindermädchens sah, einer Frau, die er und seine Schwester einst umarmt und, zumindest von seiner Seite aus, geliebt hatten, und er sich wunderte, ob Lada wirklich so niederträchtig war. Früher hatte sie wenigstens ein paar Grenzen gekannt. Hatte sie wirklich keinerlei Moral mehr?

»Und wohin ist sie gegangen?«, fragte er. Denn die blauen Flecke seines Kindermädchens waren noch so frisch, dass es noch nicht so lange her sein konnte.

»Ich nehme an, sie ist in die Stadt zurückgekehrt. Sie ist hier heute Morgen mit einem großen Geländewagen aufgetaucht, ihre Handlanger bis an die Zähne bewaffnet. Und so sind sie eine Stunde später auch wieder verschwunden.«

»Und das bedeutet, sie hat nur ein paar Stunden

Vorsprung.« Da es bereits wieder Nachmittag war, waren es wohl eher mehr als nur ein paar Stunden. »Weißt du vielleicht, ob wir uns irgendein Transportmittel leihen können?«

»Was ist denn mit eurem geschehen? Sag mir jetzt nicht, ihr seid gelaufen.« Das Kindermädchen blickte zu ihren Füßen hinab.

»Nur das Stück, nachdem unser Helikopter abgestürzt war.« Schnell erklärte er ihr, was geschehen war, und das Kindermädchen schüttelte den Kopf.

»Mani hätte es besser wissen sollen, als eine Abkürzung über diese Höhlen zu nehmen.« Sie bog auf einen unbefestigten Weg ab, der Anzeichen von kürzlicher Benutzung aufwies. Die Äste im Gebüsch, das ihn säumte, waren abgebrochen und es wies große Lücken auf, als hätte sich etwas Großes hindurchgedrückt.

Die Büsche und Bäume waren am Rande einer Lichtung zu Ende. Das Kindermädchen wohnte nicht in einem Baumhaus oder einer Flechtwerkhütte aus Lehm und Gras. Sie hatte sich ein richtiges Haus bauen lassen, mit einer Stuckfassade, einem Schindeldach, auf dem ein paar Solarzellen angebracht waren, und mit einer abgeschirmten Veranda. Sie hatte das Innere maritim und im Boho-Stil eingerichtet, mit viel Weidengeflecht und aquatischem Dekor – mit Muscheln und ein paar Porzellan-Meerestieren, die hier und da verstreut standen. Die Küche führte zu einem Sitzbereich mit einem Sofa, Stühlen und einem niedrigen Tisch.

Andrei sah zwei weitere Türen, eine durch die er Kacheln erkennen konnte. Ein Badezimmer. Er hoffte, dass es eine Dusche gab, denn es gab keine Klimaanlage. Nur einen Ventilator, der sich langsam im Spitzdach drehte.

»Möchtet ihr eine Limonade? Plätzchen?«, fragte das Kindermädchen.

»Ja, bitte.« Er fing fast an zu sabbern.

Dann kostete er die Limonade, die nur aus saurer Zitrone bestand, ganz ohne Zucker. Die Kekse schienen aus verschiedenen Körnern gemacht zu sein und schmeckten gesund, was wohl auch eine Geschmacksrichtung war. Irgendwie trocken, weder süß noch salzig. Man musste nur sehr viel kauen.

Hollie knabberte daran, ohne das Gesicht zu verziehen, und lächelte sein Kindermädchen an. »Danke, dass du uns gerettet hast. Als wir hergekommen sind, hatten wir keine Ahnung, was auf uns zukommt.«

Fast hätte er gelacht. Er wusste sehr wohl, was überall dort passierte, wo er auftauchte. Das Chaos brach aus. Als er jedoch noch einmal darüber nachdachte, war das nichts, das er herausposaunen sollte. Hollie hatte es überaus klargemacht, dass sie Drama nicht mochte.

Das Kindermädchen trank die Limonade, ohne das Gesicht zu verziehen. »Ich bin in einem Dorf wie diesem aufgewachsen. Allerdings wurde es vor rund zwanzig Jahren plattgemacht. Doch als ich in den Ruhestand ging, konnte ich nicht aufhören, daran zu denken.«

»Es ist schön hier«, bemerkte Hollie.

»Mal abgesehen von den riesigen Spinnen«, murmelte Andrei.

Das Kindermädchen sah ihn scharf an. »Bitte benimm dich. Ich unterhalte mich gerade mit der jungen Dame.«

»Verzeihung.« Er senkte den Kopf.

»Hmph.« Sein Kindermädchen wandte sich wieder an Hollie. »Wir wurden uns noch nicht offiziell vorgestellt. Ich bin Mila Miskouri, und du kannst mich ruhig Mila nennen.«

»Ich bin Hollie.«

»Was für ein schöner Name.« Mila tätschelte Hollies Hand. »Und nun erzähl mir mal, wie du an meinen kleinen Andrei geraten bist. Hilfst du ihm, seine Schwester zu finden?«

Kleiner Andrei? Brauchte die Gute vielleicht eine Brille?

»Wir wussten ehrlich gesagt nicht mal, dass sie in Südamerika ist. Tatsächlich sind wir wegen eines alten Schlüssels hier, der vor Kurzem aufgetaucht ist. Andrei hatte das Symbol darauf erkannt.« Sie erwähnte nicht die Probleme, die es mit diesem Erbstück auf sich hatte.

»Lada hat mich nach einem Schlüssel gefragt und

erst wusste ich nicht, worüber sie sprach. Doch dann fing sie an, mir Fragen bezüglich der Prinzessinnengeschichte zu stellen.«

»Was denn für eine Prinzessinnengeschichte?«, fragte Hollie.

Sein Kindermädchen sah ihn an. »Erinnerst du dich vielleicht daran?«

Er schüttelte den Kopf.

»Es ist eine einfache Geschichte, nur eine Variation einer Geschichte, die auf der ganzen Welt erzählt wird, über einen Prinzen, der ein Monster ist, und eine Prinzessin, die ihn liebt. Jedenfalls können sie nicht zusammenkommen, bis er einen Zauberspruch findet, der ihn zu einem Mann werden lässt.«

»Und was hat diese Geschichte mit einem Schlüssel zu tun?«, wollte Hollie wissen.

»In dem Buch braucht er einen Schlüssel zu der Schatztruhe, die er findet. Und zwar einen ganz besonderen Schlüssel, der mit magischen Symbolen verziert ist.«

»Weil man das Schloss nicht aufbrechen kann. Und man kann die Truhe auch nicht zerschmettern«, fügte Andrei nun doch hinzu.

Das Kindermädchen nickte. »Du erinnerst dich also doch noch teilweise daran.«

»Ich erinnere mich, dass ich die Geschichte mochte, weil es eine Liebesgeschichte war.« Er verzog das Gesicht. »Und warum sollte jemand überhaupt etwas anderes sein wollen als die Bestie?«

»Nicht jeder kann damit umgehen, was er ist. Deine Schwester ist das beste Beispiel dafür. Es hat ihr nie gefallen, dass sie eine Bärin ist.«

»Es gab ziemlich viele Dinge, die ihr nicht gefallen haben«, stellte Andrei fest. Sie hasste alles und jeden. Lada beschwerte sich und er verspottete sie. Aber vielleicht hätte er das nicht tun sollen. Vielleicht hätte er ihr zuhören sollen, wenn sie sagte, dass sie sich in ihrem Körper nicht wohlfühlte. »Denkt sie, der Schlüssel führt zu einer tatsächlichen magischen Truhe mit einem Mittel, das sie verwandelt, damit sie kein Bär mehr sein muss?«

Sein Kindermädchen zuckte mit den Schultern. »Sie hat es mir nicht verraten. Aber sie will den Schlüssel haben.«

»Das ist ja wirklich schade, aber sie kann ihn nicht haben«, bemerkte Hollie.

»Er ist in deinem Besitz?«, fragte das Kindermädchen.

»Mehr oder weniger«, antwortete Hollie vage. »Ich habe ihn an einem sicheren Ort versteckt, da ich mir Sorgen darüber gemacht habe, dass jemand ihn stehlen könnte oder ich ihn während unserer Reise verliere.«

So viel zu seinem Glauben, dass sie ihn geschluckt hatte. Nicht die bequemste Lösung, etwas zu schmuggeln, aber es funktionierte. Er wollte nur nicht über die Unannehmlichkeiten nachdenken, wenn sie den Schlüssel zurückhaben wollten.

»Aber du hast ihn gesehen.« Sein Kindermädchen lehnte sich nach vorn. »Könntest du ihn beschreiben?«

»Ich könnte es versuchen«, erklärte Hollie zögerlich. »Der Schlüssel ist ungefähr so groß.« Sie hielt ihre Hände erst weit auseinander, dann näher, dann wieder ein wenig weiter auseinander. »Würde ich sagen.«

Das Ganze würde eine Plackerei werden, also unterbrach Andrei sie. »Ich kann dir etwas Besseres bieten. Ich brauche nur ein Blatt Papier und einen Bleistift.«

»Wie heißt das Zauberwort?« Sein Kindermädchen sah ihn vielsagend an.

»Bitte.«

Wenig später hatte er kurzerhand den Schlüssel gezeichnet und dann noch mal eine größere Version eines Symbols skizziert, an das er sich erinnerte.

Sein Kindermädchen schnappte sich das Blatt Papier und hielt es sich vor die Augen. Lange sagte sie nichts, doch schließlich meinte sie: »Jetzt weiß ich auch, warum ihr nach dem Buch sucht.«

»Es ist das gleiche Symbol wie in der Geschichte«, erklärte Andrei.

»Es sieht fast so aus.«

»Also, dann wissen wir jetzt wenigstens, warum die Leute nach dem Schlüssel suchen. Der Schlüssel öffnet so etwas wie eine Schatztruhe.«

»Tatsächlich?« Das Kindermädchen schien seine Zweifel daran zu haben. »Bis deine Schwester hier aufgetaucht ist, und jetzt auch noch du, handelte es sich nur um eine Geschichte. Ich habe noch nie davon gehört, dass der Schlüssel tatsächlich existiert. Und wollen wir wirklich glauben, dass es dort draußen irgendwo eine magische Truhe gibt, mit der sich das innere Tier zähmen lässt?«

»Wäre das denn so weit hergeholt, wenn man bedenkt, dass wir mittlerweile Medikamente haben, mit denen sich fast alles unterdrücken lässt? Und war es in der Geschichte nicht eine Sache, die für immer anhält, und nicht etwas, das mit der Zeit wieder verfliegt?«, rief er ihr ins Gedächtnis.

Hollie war vom Stuhl aufgestanden und hatte begonnen, im Zimmer auf und ab zu gehen, wobei sie die Arme um ihren Körper geschlungen hatte. »Lada ist ganz offensichtlich davon überzeugt, dass die Truhe tatsächlich existiert. Aber es kommt mir doch ziemlich übertrieben vor, wie sie sich benimmt, in Anbetracht der Tatsache, dass sie nur nach einem Zauber sucht, der sie zum Menschen macht.«

»Aber ist es tatsächlich sie, die den Zauber haben möchte?«, fragte das Kindermädchen. »Ich habe nicht das Gefühl, dass sie aus freien Stücken handelt.«

»Glaubst du, die Menschen haben sie in der Hand?« Andrei wollte sich so sehr an diesem kleinen Hoffnungsschimmer festklammern, dass seine Schwester nicht komplett böse war.

»Ich finde, dass es sehr vieles gibt, was wir über diese Situation nicht wissen. Eigentlich wissen wir ja nur, dass ein paar Leute einer Fabel aus einem Märchenbuch hinterherjagen.«

»Und dabei Gewalt benutzen«, murmelte er.

Hollie fragte: »Aber warum hat sie sich das Buch geholt? Inwiefern kann es ihr helfen? Gibt es darin vielleicht so etwas wie eine Landkarte?«

»Eigentlich nicht.« Andrei zermarterte sich das Gehirn und versuchte, sich an die Illustrationen zu erinnern.

Das Kindermädchen kannte das Buch besser als er. »Es gibt keine Schatzkarte. Allerdings finden sich im Laufe der Geschichte immer wieder Hinweise.«

»Zuerst ist da irgendetwas mit einem Strand und dann einem Vulkan.« Andrei legte die Stirn in Falten, als er versuchte, sich daran zu erinnern.

»Du hast die mit Fallen gespickte Höhle vergessen und das Monster, das die Truhe bewacht«, fügte das Kindermädchen noch hinzu.

»Erfährt man denn, wo die ganze Geschichte spielt?« Hollie tippte sich auf die Unterlippe. »Vielleicht versucht Lada ja, sich den Schatz zu holen, ohne den Schlüssel zu haben.«

»Wenn wir wüssten, wohin sie unterwegs ist, könnten wir sie vielleicht einholen.« Andrei sprang auf die Füße.

Doch das Kindermädchen zerschmetterte jegliche Hoffnung auf eine einfache Lösung. »Ich dachte immer, dass es sich um ein Fantasieland handelt, da es um eine brennend kalte Wüste, eine Ebene aus

Diamanten, die das Sonnenlicht widerspiegelt, und die Klippen am Ende der Welt geht.«

Hollie verzog das Gesicht. »GPS-Daten wären um einiges hilfreicher gewesen.«

»Wir müssen nur das Rätsel lösen«, erwiderte Andrei optimistisch.

»Wenn das Ganze so einfach wäre, hätte man den Schatz doch mittlerweile schon gefunden«, bemerkte Hollie eher skeptisch.

»Wenn du mich fragst, sollte der Schatz versteckt bleiben.« Er hatte unbedingt herausfinden wollen, was der Schlüssel aufschloss, bis er die Wahrheit erfuhr. Einen großartigen Wandler in einen einfachen Menschen verwandeln?

Niemals. Die bloße Vorstellung entsetzte ihn.

Was auch der Grund dafür war, dass Lada und ihre menschlichen Partner ihn nicht in die Hände bekommen durften. Obwohl er kein Freund von Verschwörungstheorien war, konnte er nichts Gutes daran finden, dass die Menschen wussten, wie sie seine Art auslöschen konnten. Es würde das Ende von allem bedeuten.

»Da wir nicht wissen, wohin wir müssen, sollten wir versuchen, Ladas Spur zu finden. Du hast gesagt, sie wäre heute Morgen wieder gefahren. Wahrscheinlich hat sie sich auf den Weg zurück in die Stadt gemacht, um mit dem Flugzeug zu ihrem nächsten Ziel zu fliegen.«

»Laut meinen Quellen ist das nicht der Fall.

Anscheinend hatten sie einen Platten und es dauerte ein wenig, den zu beheben. Während der Reparatur haben bestimmte Leute erfahren, was sie getan haben. Jetzt sind sie mittlerweile zu Fuß unterwegs, da ihr Geländewagen eine Begegnung mit einem Baumstamm hatte.«

»Was bedeutet, dass wir sie einholen können.«

»Oder sogar vor ihnen da sein«, erklärte sein Kindermädchen. »Meine letzte Information lautete, dass sie in Richtung Norden zu den Eisenbahngleisen unterwegs waren. Durch die Berge dort geht morgen früh ein Zug.«

»Können wir diesen Zug vor ihnen erreichen?«, wollte Andrei wissen.

»Das kommt darauf an, ob ihr Höhenangst habt oder nicht.«

»Wenn du mir einen Umhang gibst, springe ich überall runter«, erklärte er und klopfte sich auf die Brust.

Hollie andererseits war ein wenig vorsichtiger. »Was du uns als Nächstes vorschlägst, wird uns doch nicht umbringen, oder?«

»Es kommt nur selten zu Unfällen. Und landen Katzen nicht immer auf den Füßen?« Das Kindermädchen betrachtete Hollie, die allerdings den Kopf schüttelte.

»Wieso denken alle Bären das?«, murmelte sie.

»Wann geht es los?«, wollte er wissen.

»Um Mitternacht. So könnt ihr auf den Zug

aufspringen, ohne dass irgendwelche Wachen es mitbekommen.«

Da es noch nicht einmal fünf Uhr war, hatten sie Zeit, zu baden, sich dank der Hilfe von Mila frische Sachen anzuziehen, etwas zu essen – was fast genießbar wurde, wenn man nahezu den kompletten Inhalt eines Salzstreuers über das Essen schüttete – und an ein Nickerchen zu denken.

Was er nicht bekam? Zeit allein mit Hollie. Der Fluch, der ihn davon abhielt, sie richtig zu küssen, setzte sich damit fort, dass das Kindermädchen die ärgerliche Angewohnheit hatte, in den unpassendsten Momenten aufzutauchen.

In der Sekunde, in der sein altes Kindermädchen nach draußen ging, um vor dem Schlafengehen noch etwas frische Luft zu schnappen, zog er Hollie in seine Arme, um sie zu küssen.

Als er sie endlich wieder zu Atem kommen ließ, keuchte sie: »Das sollten wir nicht tun. Dein Kindermädchen könnte jeden Augenblick wieder da sein.«

»Oder sie ist gegangen, um uns ein wenig Privatsphäre zu geben.«

Er zog vielsagend die Augenbrauen hoch, als sein Kindermädchen, das ihm wohl keinen Spaß gönnte, wieder ins Haus kam. »Auf keinen Fall.« Sie zog ihm mit der Rute, die sie in der Hand hielt, eins über. »Solange ihr noch nicht verheiratet seid, kommt so etwas bei mir nicht infrage.«

»Äh, wie bitte?«

»Eine Dame lässt sich nicht auf so was ein, ohne verheiratet zu sein. Und ein wahrer Ehrenmann würde so etwas nie verlangen.« Das Kindermädchen streckte ihr Kinn vor. »Komm, Hollie. Vor deinem Abenteuer solltest du dich ein wenig ausruhen. Du schläfst bei mir im Zimmer.«

»Aber ...«

Es gab kein Aber. Mila schleppte Hollie zu ihrem Bett, während Andrei mit dem ungemütlichen Rattansofa vorliebnehmen musste.

Er hatte sich gerade darauf vorbereitet, die schlimmste Nacht seines Lebens zu verbringen, als Mila aus ihrem Zimmer stolzierte und grummelte: »Sie wälzt sich während des Schlafes nur herum.«

»Ich weiß.«

»Beweg deinen Hintern.«

Das Kindermädchen warf ihn von dem Sofa und er bekam das Bett. Kaum hatte er sich hingelegt, kletterte Hollie bereits auf ihn. »Das wurde aber auch langsam Zeit. Ich dachte schon, sie würde niemals gehen«, murmelte sie an seine Brust gedrückt.

Und während seine Erektion langsam so schmerzhaft war, dass seine Eier blau wurden und wahrscheinlich bald abfallen würden, war er nie im Leben glücklicher gewesen.

Kapitel Vierzehn

Es war das reine Glück, auf Andreis Brust gedrückt aufzuwachen. Das reine Entzücken wäre es gewesen, jetzt auch noch etwas gegen die Erektion zu tun, die sie deutlich spüren konnte.

Allerdings rief jemand von der Tür her mit heller Stimme: »Steht auf und setzt euch in Bewegung, sonst verpassen wir noch den Zug«, und damit hatte sich die Sache mit dem Sex nach dem Aufwachen erledigt. Auf ihnen lastete diesbezüglich wirklich ein Fluch.

Nach einem schnellen Imbiss befahl das Kindermädchen ihnen, sich zu verwandeln.

»Wie bitte?«

»Dann kommt ihr schneller den Berg hoch.«

»Aber dafür sind wir dann nackt, wenn wir ankommen«, gab Hollie zu bedenken.

»Nein, seid ihr nicht.« Das Kindermädchen hatte ein paar Umhängebeutel mit Kleidung gepackt, die nicht gestohlen war und besser passte. Die Riemen der Taschen wurden um ihre Körper gewickelt, nachdem sie sich verwandelt hatten.

Das Kindermädchen umarmte sie beide und gluckste dann, als Andrei seine feuchte Bärennase an ihr rieb. »Vergiss nicht, den Berg hinauf zur Schneise zwischen den Gipfeln. Dort angekommen ist es ein kurzer Weg bis zum Tal und den Bahngleisen.«

Das klang so einfach, dass sie sich fragte, warum sie nicht diese Route genommen hatten, um hierherzugelangen. Allerdings verstand sie es völlig, als sie den Pass durch die bergigen Hügel erreichten. Hier oben gab es eine Hütte und eine Drahtspule, die mit Pfählen befestigt war und die über den Rand der Klippe hinunterreichte. Die extrem steile Klippe.

»Bitte sag mir, dass es eine süße kleine Gondel gibt, mit der wir hinabfahren können«, sagte sie, als sie sich etwas abseits ihre Kleidung wieder anzogen.

»Ich glaube, diese Drahtseile sind schon alles«, erklärte er und zeigte auf ein paar hängende Drahtschlaufen, die an einem Haken neben dem Konstrukt hingen.

»Wir werden sterben.«

»Oder wir werden ein tolles Abenteuer erleben.«

»Wenn man den Tod ein Abenteuer nennt, hört er sich deswegen immer noch nicht besser an, weißt du.«

Er zog sie an sich. »Ich werde nicht zulassen, dass du fällst.«

»Das weiß ich. Aber trotzdem ...« Sie lehnte den Kopf an seine Brust. »Mir fehlt die Klempnerei.«

»Und mir fehlt es, in einem richtigen Bett zu schlafen«, beschwerte er sich. Wo sie miteinander kuscheln konnten. Nackt. Und ohne unterbrochen zu werden. »Aber schon bald, mein Honigbärchen. Dann haben wir all das hinter uns und können ein ruhiges Leben genießen.«

»Hoffentlich nicht allzu ruhig.« Sie kniff ihn in den Hintern und genoss seinen überraschenden Gesichtsausdruck, dann schlenderte sie zu der Hütte hinüber. Die Seilbahn wurde von einer dicklichen Frau und ihrem Partner betrieben. Sie schienen beide ausgesprochen groß und stark. Außerdem waren sie ziemlich harte Verhandlungspartner und nahmen ihnen fast alles ab, was Mila Miskouri ihnen mitgegeben hatte.

Dann wurden sie mit ausgesprochen starkem Akzent in der Benutzung unterwiesen. »Haltet euch bis zum Schluss fest.«

»Das war's? Wie wäre es mit einer Sicherheitshalterung? Oder vielleicht einem beruhigenden ›*Macht euch keine Sorgen, so weit ist es nicht*‹?«

»Es ist ziemlich weit. Haltet euch gut fest.« Und das breite Grinsen, das eine Zahnlücke zur Schau stellte, war auch nicht gerade beruhigend.

»Halt dich einfach an mir fest, Honigbärchen. Ich mache das schon.«

So gern Hollie das auch getan hätte, würde es nur

zusätzliches Gewicht für ihn bedeuten. »Ich schaffe das schon allein.« Schließlich war sie stark.

Sie ergriff das Seil, atmete tief durch, und bevor sie wieder ausatmen konnte, setzte das Drahtseil sich in Bewegung, riss sie mit nach vorn und schon hingen ihre Füße über dem Abgrund, woraufhin sie schrie.

»Hollie!« Sie hörte die Panik in Andreis Stimme und wie er murmelte: »Ich hätte der Erste sein sollen.« Denn er schien zu glauben, dass sie gerettet werden musste.

Sie biss die Zähne zusammen und hielt durch. Sie konnte es schaffen. Wie lange würde es dauern, bis sie unten ankam?

Länger, als ihr lieb war. Sie hatte Gelegenheit, in der Ferne zu sehen, wie der Zug sich durch die Landschaft wand, dessen Scheinwerfer durch die Dunkelheit stachen. Das könnte knapp werden.

Nach einer gefühlten Ewigkeit kam der Boden näher, zusammen mit einer weiteren Hütte, aus der ein kleiner Mann herauskam, dem eine Zigarette aus dem Mundwinkel hing. Er blinzelte sie an, bevor er rief: »Spring.«

Als sie nach unten sah, stellte sie fest, dass der Boden noch viel zu weit weg war.

»Spring und lauf so schnell du kannst, sonst verpasst ihr den Zug«, rief er mit starkem Akzent.

Drei Meter. Zwei Meter fünfzig. Sie sprang und kam mit gebeugten Knien auf. Sie machte einen zitternden Schritt nach vorn und stellte fest, dass jemand sie an der Hand packte. Es war Andrei, der an ihr vorbeiraste und sie mitzog.

»Lauf, Honigbärchen. Lauf, als wäre ein Bienenschwarm hinter dir her.«

Jetzt war nicht der passende Zeitpunkt, um zuzugeben, dass sie nie eine Wabe mit Honig gestohlen hatte, weil sie eben nicht dumm war. Sie nahm die Beine in die Hand und lief mit ihm, wobei sie auf die leichte Steigung zusteuerte, auf der die Gleise verliefen. Sie hörte das Tuckern des Zuges, als er sich näherte, dann einen scharfen Pfiff und den Eindruck von etwas, das über ihr schwebte.

Bevor sie fragen konnte, antwortete Andrei: »Waren.« Denn sie benutzten eine Schmugglerroute.

Sie liefen parallel zu den Schienen, als der Zug vorbeifuhr, und der Wind zerrte sie mit.

Sie sah die Griffe, die an den Waggons angeschweißt waren. Die Idee war einfach. Festhalten und einsteigen.

Aber der Zug bewegte sich schnell. Sie streckte die Hand aus und verfehlte, der Griff wurde ihr aus der Hand gerissen, sodass sie stolperte. Sofort spürte sie, wie sich ein Arm um sie legte und sie von den Füßen riss. Andrei hatte sich an dem Griff hinter ihr festgehalten.

Er hielt sie fest und brüllte: »Wir haben es geschafft, Honigbärchen.«

»Du hast das schon mal gemacht«, stellte sie fest.

»Vielleicht ein oder ein Dutzend Mal. Mir gefällt

eben eine langsame Fahrt durch ein wunderschönes Panorama. Suchen wir uns ein Versteck.«

»Sollten wir nicht lieber Ausschau halten, wann deine Schwester einsteigt?«

»Das dauert noch. Komm mit.« Er fand für sie eine Koje im Inneren eines Anhängers mit einem engen Durchgang, der mit Getreidesäcken bestückt war. Sie bildeten ein weiches Bett, als sie nach oben kletterten.

»Wie viel Zeit haben wir, bevor wir nach ihnen Ausschau halten müssen?«, fragte sie, als sie es sich gemütlich machten.

»Mein Kindermädchen hat gesagt, es würde wahrscheinlich noch ein paar Stunden dauern.«

»Hattest du mir nicht irgendetwas davon erzählt, dass du nur zwanzig Minuten brauchst?« Das war zwar ziemlich forsch, aber in Anbetracht der Tatsache, dass ihnen immer etwas dazwischenkam ... längst überfällig.

»Vielleicht habe ich gelogen. Ich möchte dich länger als nur für zwanzig Minuten oder gar eine Stunde. Ich glaube, dass mir nicht mal eine Ewigkeit reichen würde, in der ich mit dir Liebe mache«, knurrte er und zog sie an sich.

Sie streckte im Halbdunkel die Hand aus und legte sie ihm an die Wange. »Dann sollten wir wohl besser anfangen.«

Er neigte den Kopf, um sie zu küssen. Diesmal musste sie sich nicht anstrengen, um ihn zu erreichen, denn sie lagen ja schon. Er ließ seine Lippen über ihre gleiten, nur um die Konzentration zu verlieren, als sie an seiner Unterlippe saugte. Er brummte, und das Geräusch ließ sie erbeben.

Verlangen erfüllte sie, als sie sich leidenschaftlich küssten und ihre Atemzüge sich heiß vermischten. Ohne sich voneinander zu lösen, vertieften sie den Kuss und verschlangen einander förmlich. Bis er beschloss, auf Erkundungstour zu gehen, seine Lippen über ihre Kieferpartie und dann ihren Hals hinunterwandern zu lassen, ihre erogenen Zonen zu finden und sie mit seinen Zähnen zu streifen. Es war gut, dass sie bereits lag, denn sie bebte am ganzen Körper. Ihr war ganz schwindelig vor Verlangen. Sie zerrte an seiner Hand und saugte an dem Finger, den sie in ihren Mund gesteckt hatte.

Er knurrte.

Mmmm. Das schien ihm zu gefallen.

Sie saugte fester und er rollte sich halb auf sie, schob einen Schenkel zwischen ihre Beine und rieb, neckte ihre empfindlichste Stelle. Mit seiner freien Hand suchte er ihre erogenen Zonen, streichelte sie, reizte sie, sensibilisierte ihre Haut so sehr, dass sie sich am liebsten alle Kleider vom Leib gerissen hätte. Eigentlich ...

Sie nahm sich einen Moment Zeit, um sich auszuziehen, und er tat es ihr nach, bis sie beide nackt auf den Getreidesäcken lagen. Haut an Haut, endlich. Die Haare auf seinem Körper erzeugten eine Reibung, die sie frösteln ließ, als sie sich küssten und wanden.

Irgendwann drehte sie ihn auf den Rücken, wohl

wissend, dass er jetzt an der Reihe war, seinen Spaß zu haben. Sie richtete sich auf, ihre Knie gruben sich in den Getreidesack, sie beugte sich vor und strich mit den Lippen über die Spitze seines mächtigen Schwanzes – dick und hart wie der Rest von ihm.

Ein Blick auf sein Gesicht zeigte, dass er sie mit glühenden Augen ansah. Er brannte vor Verlangen.

Sie hielt seinen Schaft fest, verzog ihre Lippen zu einem spöttischen Lächeln und leckte an seiner Eichel. Er zuckte mit den Hüften.

Sie leckte wieder und er spannte die Muskeln in seinem Kiefer an. Sie nahm den dicken Schwanz in den Mund und saugte, und er zischte, während er erneut mit den Hüften zuckte.

Sie hatte ihn in ihrer Gewalt, er wand sich bei ihrer Berührung, und kurz darauf blies sie ihm richtig einen, während er stöhnte. »Nein, mach langsam. Sonst halte ich es nicht lange ... ahhhh.« Er kam zum Orgasmus.

Heiß und salzig konnte sie sein Sperma auf ihrer Zunge schmecken. Er war auch ziemlich schnell gekommen und sie lachte, während sie ihn sauber leckte.

Aber sie lachte nicht lange, als er sie auf den Arm nahm, sodass sie in einer Neunundsechziger-Stellung waren, mit ihr auf dem Rücken, die Beine gespreizt und sein Gesicht zwischen ihren Schenkeln vergraben. Sein halbharter Schwanz stieß an ihre Lippen. Offenbar waren sie noch nicht fertig.

Konnte er wieder so schnell steif werden? Sie

begann, an ihm zu saugen, um es herauszufinden, nur um zu keuchen, als er mit seiner Zunge über ihre Klitoris strich.

Sie stöhnte. Miaute. Sie saugte und keuchte, als er sie leckte, während er seinen Schwanz sanft in ihren Mund schob. Gut, dass er es verstand, sich zwischen ihren Lippen hin- und herzuschieben. Denn sie war abgelenkt von der Aufmerksamkeit, die er ihrer Muschi widmete. Er vergrub sich zwischen ihren Schenkeln und leckte sie mit Genuss. Und er leckte sie so *richtig*.

Er leckte sie mit Entzücken und brummte, während er an ihrem Schlitz leckte, ihre Klitoris liebkoste und schließlich zwei Finger in sie hineingleiten ließ, sodass sie sich darum zusammenziehen konnte, während er ihre Lustknospe bearbeitete.

Sie konnte nur stöhnen und sich vor Lust winden, während sie versuchte, ihn nicht zu beißen. Dennoch erlitt er eine kleine Verletzung, als ihr Orgasmus plötzlich einsetzte, eine rollende Welle der Lust, bei der sie die Zähne aufeinanderbiss.

Aber der Höhepunkt ließ nach und sie lockerte ihren Biss. Er leckte sie weiter. Neckte sie leicht und zögerte so den Orgasmus hinaus, bevor er sich wieder aufrichtete, sie auf den Bauch drehte und dann an ihrem Hintern zog. Er klatschte seinen Schwanz auf ihre bebende Haut. Sie wackelte mit dem Hintern und er verstand die Botschaft, drang von hinten in sie ein. Hart. Dick. Lang. Er war lang genug, sodass er ihren

G-Punkt traf. Sobald er ihn gefunden hatte, konnte er nicht mehr aufhören dagegenzustoßen.

Wieder und wieder. Er traf sie an der Stelle, die ihr einen kurzen Schrei und einen Lustschock entlockte. Zuerst war es ein langsamer Rhythmus, der sich in ein heftiges Stoßen verwandelte. Und sie konnte nicht genug davon bekommen, dass er sie mit seinem Schwanz stieß. Sie stöhnte nach mehr. Bettelte. »Härter.«

Er stieß schneller und schneller zu, während sie sich an dem Sackleinen unter ihr festkrallte. Sie schrie vor Leidenschaft. Schrie seinen Namen, als sie zum Orgasmus kam.

Sie kam so heftig, dass sie zusammenbrach und einen Moment brauchte, um sich wieder daran zu erinnern, dass sie atmen musste.

Sie erholte sich auf seiner Brust, auf die er sie gezogen hatte. Er hatte seine Arme um sie geschlungen und hielt sie fest. Sein Herz raste genauso schnell wie ihres.

Die Erkenntnis, dass er vielleicht nicht unrecht hatte, als er gesagt hatte, dass sie eine Ewigkeit brauchen würden, um zu erforschen, was auch immer zwischen ihnen war, ließ sie ein wenig zusammenzucken.

Andrei gehörte ihr ...

Kreisch.

Als die Bremsen auf dem Metall quietschten und der Zug plötzlich ins Stocken kam, erstarrten sie beide.

»Was ist denn da los?« Es waren eigentlich keine Stopps vorgesehen.

»Entweder gibt es ein Problem mit den Gleisen«, sagte Andrei, »oder der Zug wird entführt.«

Genau die richtige Vorlage für ominöse Musik.

Kapitel Fünfzehn

DER ZUG WURDE LANGSAMER, EINE HARTE Bremsung, die es ihm schwer machte, seine Kleidung anzuziehen, da das abrupte Abbremsen sie beide aus dem Gleichgewicht brachte. Er schaffte es, sein Hemd anzuziehen und in seine Hose zu schlüpfen, bevor er sich von ihrem Bett aus Sackleinen erhob. Die letzte Störung war zumindest erst eingetroffen, nachdem er den Himmel berührt hatte.

»Was passiert, wenn wir anhalten?«, wollte Hollie wissen und bedeckte wieder ihre tätowierte Haut, die er gerade noch gestreichelt hatte. Als er sie ansah, konnte er wieder die Bisse spüren, die sie ihm verpasst hatte, als er sie geleckt hatte.

Verdammt, sie war so was von perfekt.

»Was als Nächstes passiert, kommt auf die Situation an. Falls etwas auf den Schienen liegt, müssen sie es beiseiteschaffen. Oder vielleicht gibt es ein Problem mit den Gleisen, sodass sie repariert werden müssen.«

»Du hast gesagt, es könne sich auch um Banditen handeln.«

»Das kommt vor. Meistens sind sie hinter einer bestimmten Ladung her oder sie wollen die Passagiere ausrauben. Aber mach dir keine Sorgen. Ich lasse nicht zu, dass jemand dir etwas tut.« Für ihn bestand jetzt keinerlei Zweifel mehr, dass Hollie für ihn bestimmt war. Sie weckte den etwas zu heftigen Beschützerinstinkt eines Bären.

»Glaubst du, es ist vielleicht deine Schwester?«, sprach sie ihre Gedanken laut aus.

»Das könnte schon sein. Es sähe ihr ähnlich, alle Pläne über den Haufen zu werfen.«

»Aber kannst du dir vorstellen, dass sie einen Zug überfällt? Aufspringen, um heimlich mitzufahren, von mir aus. Aber das ganze Ding wirklich entführen? Damit kommt sie doch nie ungestraft davon.« Damit hatte Hollie allerdings recht.

Der Zug hielt an und sie beide kauerten sich an einen Spalt in der Tür. Sie beide, weil Hollie sich weigerte, sich zu verstecken. Sie war vielleicht nicht verrückt nach Drama, aber sie wich der Gefahr auch nicht aus.

In Anbetracht der Tatsache, dass der Zug ein paar Passagierwagen hatte, war es nicht überraschend, dass sie ein paar Rufe hörten. Aber die gute Nachricht ... es gab kein Geschrei. Was auch immer oder wer auch immer den Zug angehalten hatte, tötete niemanden.

Noch nicht.

Man brauchte nur einen Idioten, und schon gab es ein Blutbad.

»Ich werde mal nachsehen«, erklärte sie und schlüpfte aus der Tür. Er versuchte, sie festzuhalten, doch sie war schneller.

»Verdammt noch mal, Honigbärchen«, murmelte er. Wie sollte er sie beschützen, wenn sie einfach vorlief? Er folgte ihr.

Die Tür öffnete sich mit einem leisen Quietschen. Er stand auf der schmalen Stufe, die mit ihrem fehlenden Geländer gefährlich war, wenn der Zug sich bewegte. Hollie stand bereits auf dem Gleis und spähte um den nächsten Waggon herum. »Ich sehe Leute«, flüsterte sie. »Ziemlich viele, die herumlaufen.«

»Irgendwelche Waffen? Gefährte?«

»Nein. Ich gehe mal näher ran, um rauszufinden, was da los ist.«

»Tu es nicht.« Er sprach mit der Luft, da sie bereits an der Seite des Waggons auf der gegenüberliegenden Seite entlangglitt, um den sie gespäht hatte. Da sich alle Einstiegstüren auf der rechten Seite befanden, würde sie zweifellos auf weniger Menschen treffen.

Das heißt, sie konnte sich schnell bewegen. Er würde sich schneller bewegen müssen.

Andrei hatte keine Verkleidung, um sich zu tarnen. Keine Zeit, um einen Plan zu entwerfen. Er würde improvisieren müssen. Er schlenderte auf der Seite hinaus und mischte sich unter die Leute, die ein paar Waggons vor ihm herumstanden. Er kauerte nicht und schlich sich auch nicht an, sondern schlenderte einfach völlig ungeniert und auffällig umher, um die Blicke der Leute auf sich zu ziehen. Schließlich bemerkte ihn jemand und zeigte auf ihn, ein Redestrom folgte.

Er hoffte, dass sie eine der drei Sprachen kannten, die er gelernt hatte. Russisch, seine Muttersprache, Englisch durch Immersionsunterricht, um sicherzustellen, dass er sie vollständig beherrschte, und Dothrakisch, weil er den gutturalen Klang mochte.

Er kratzte sich, als er sich den gestikulierenden Menschen näherte. Er gähnte sogar. »Verdammt noch mal. Da macht man ein kurzes Nickerchen in einem der leeren Waggons und wacht mitten im verdammten Nirgendwo auf.«

»Wer bist du?«, wurde er mit heftigem Akzent gefragt. »Wo kommst du her? Das sind alles Frachtwaggons da hinten.«

»Es ist auch ruhiger als die winzige Sitzbank, die ich mir mit meiner Frau teilen muss.« Er verzog das Gesicht. »Ich bevorzuge es, auf ein paar Weizensäcken zu schlafen, anstatt neben ihr zu dösen.«

»Das hört sich so an, als bräuchte da jemand eine neue Frau.« Der Typ grinste und plötzlich fiel Andrei auf, dass der Mann, der mit heftigem Akzent sprach, ziemlich attraktiv war. Er sollte besser nicht Hollie sehen und denken, er täte Andrei einen Gefallen, indem er sie ihm ausspannte.

»Hände weg von meiner Frau«, knurrte er.

Der Mann wich zurück. »Beruhige dich, verdammt noch mal. Behalte sie ruhig.«

Der Kerl zog sich zurück und Andrei ging weiter, bis er im Scheinwerferlicht des Zuges sehen konnte, was auf den Schienen lag und sie zum Halten gebracht hatte. Eine Herde Gazellen, die graste.

Die Natur in ihrer schönsten Form.

Die Tiere rochen köstlich.

Vielleicht sollte er versuchen, eine für ein kleines Picknick zu ihrem Waggon zu bringen. Was würde Hollie von Gazellentartar halten?

Noch besser als Gazellensteaks über einem offenen Feuer? Er bezweifelte stark, dass seine Schwester eine Herde zum Anhalten des Zuges dirigiert hatte. Nur ein Zufall, der sich als amüsant erwies.

Die Menschen liefen auf die Herde zu und versuchten, sie zu zerstreuen, aber die dünnbeinigen Biester waren damit beschäftigt, den Boden zu beschnuppern. Ein paar der normalerweise sanftmütigen Gazellen griffen die Menschen sogar an. Sie würden nicht mehr so mutig sein, wenn sie ihn erst einmal witterten. Er pirschte sich an sie heran, entschlossen zu helfen, als ihm ein unerwarteter Geruch in die Nase stieg.

Unmöglich.

Nicht ausgerechnet hier.

Er blieb stehen und drehte sich um, in der Hoffnung, dass er sich irrte. Und sah ... »Mom?«

Sie stand in einem der Passagierwaggons, trug vernünftige Kleidung bestehend aus dunkler Hose, einem Pullover, festen Schuhen und einem Ausdruck, der sagte, dass er einiges zu erklären hatte.

»Wenn das nicht mein abtrünniger Sohn ist.«

»Was für eine Überraschung, dich hier zu treffen.« Er war völlig verwirrt. Wie war es seiner Mutter gelungen, vor ihnen in den Zug zu gelangen? Niemand hatte gewusst, was sie vorhatten.

»Hier hast du dich also mit deiner neuen *Freundin* verkrochen.« Ah, die subtile Beleidigung. So typisch für seine Mutter.

»Wir haben uns nicht verkrochen. Wir sind hier, um ein Geheimnis zu lüften.«

»Ein Geheimnis, das etwas mit Mila Miskouri zu tun hat?« Anscheinend war seine Mutter irgendwie auf diese Verbindung gekommen.

»Ja.« Es gab keinen Grund zu lügen.

Seine Mutter kniff die Augen zu Schlitzen zusammen. »Wo steckt denn deine *Freundin*?«

Hoffentlich ließ sie sich nicht blicken. »Du hättest nicht herkommen sollen, um nach mir zu suchen.«

»Wer sagt denn, dass ich deinetwegen hier bin? Warst du nicht sogar derjenige, der mir empfohlen hat, etwas wegen deiner Schwester zu tun?«

Er machte große Augen. »Du bist hinter Lada her?«

»Ich hatte ja keine andere Wahl.« Seine Mutter verzog den Mund zu einer schmalen Linie. »Sie arbeitet mit Menschen zusammen. Greift uns an. Sie ist völlig außer Kontrolle geraten und man muss sie in ihre Schranken weisen.«

»Es tut mir leid.« Und das tat es tatsächlich. Da seine Schwester ihr so viele Schwierigkeiten machte, war es ziemlich schwer für seine Mutter. Das war wahrscheinlich auch der Grund, warum sie so sehr an Andrei hing.

»Warum entschuldigst du dich? Du bist ja nicht derjenige, der bei ihrer Erziehung versagt hat.« Seine Mutter verzog das Gesicht. »Sie hat eben viel von ihrem Vater abbekommen.« Und das war ein anderer Vater als der von Andrei. Obwohl keiner von beiden geblieben war.

»Woher wusstest du, dass du in diesem Zug sein musstest, um sie zu finden?«, wollte er wissen.

»Du bist schließlich nicht der Einzige, der Kontakte hat. Anscheinend hat Lada gleich zwei Flüge gebucht. Einen Flug zwei Stunden, nachdem der Zug in der Stadt angekommen ist. Und den anderen allerdings vier Stunden früher.«

»Warum sollte sie zwei Flüge buchen?«, fragte er, als er plötzlich Motorengeräusche hörte. Und zwar nicht die des Zuges.

Die Leute, die zuvor versucht hatten, die Gazellen zu verscheuchen, und rauchend umhergewandert waren, begannen zu rufen. Dann begannen die

Schreie, als einige zurück zu den Passagierwaggons liefen und andere in die Hügel flohen.

Zwei Geländewagen kamen dröhnend aus dem Nichts und sorgten für Panik.

Aber noch beunruhigender war die Tatsache, dass die Insassen zu schießen schienen, und etwas traf seine Mutter. Sie riss das Röhrchen, das aus ihrer Brust ragte, heraus und betrachtete es stirnrunzelnd. »Was ist das?«

»Betäubungsmittel. Lada muss hier sein.« Sonst war es unerklärlich. Denn sie und ihre Schergen mochten diese Art von Waffe.

Seine Mutter stützte sich blind am Türrahmen ab. »Ich glaube, ich muss mich hinlegen.« Er sah, wie sie ihn erwartungsvoll ansah und darauf wartete, dass er erklärte, er würde sie beschützen. Er zögerte jedoch.

Etwa dreißig Meter entfernt lief eine Frau schreiend davon, nur um zu Boden zu fallen, als sie getroffen wurde. Noch bevor sie mit dem Gesicht zuerst aufkam, sprang jemand aus dem Wagen und drehte sie um. Er untersuchte ihr Gesicht, bevor er zum nächsten wehrlosen Opfer ging. Er suchte nach jemandem.

Hollie.

Verdammt. Sie war immer noch auf der anderen Seite des Zuges.

Die Entscheidung fiel ihm nicht leicht, aber er ließ seine Mutter in dem Waggon zurück und lief in den Zwischenraum zum nächsten Waggon. Als er auf der anderen Seite des Zuges auftauchte, fielen Lichtstrahlen aus den Fenstern an Bord, es gab viel Schatten und die Scheinwerfer der beiden Geländewagen, die jetzt angehalten hatten und im Leerlauf liefen. Im Licht der Scheinwerfer sah er auch Motorräder in der Nähe, deren Fahrer mit Gewehren bewaffnet waren. Aber sein Blick wanderte schnell von den Waffen zu den beiden Typen, die einen schlaffen Körper zwischen sich festhielten.

Er brauchte nicht mehr Licht, um zu wissen, wen sie da erwischt hatten.

»Honigbärchen!«, brüllte er und lief los. Er spürte, wie er muskulöser wurde, seine Klauen hervorsprangen und sein Kiefer sich dehnte, damit seine großen Zähne hineinpassten. Natürlich wurde er sofort bemerkt.

Die Angreifer schossen auf ihn.

Pling. Pling. Zwei Pfeile trafen ihn, doch er achtete gar nicht darauf. Er war schon schlimmer gestochen worden, wenn er Honig aus Bienenstöcken klaute.

Er eilte weiter, während selbst diejenigen, die ausgestiegen waren, zurück auf ihre Geländefahrzeuge kletterten und Hollie mitnahmen.

Er lief so schnell er konnte zum nächstgelegenen Motorrad und schaffte es fast, war nahe genug dran, um die Augen seiner Schwester über der Gesichtsmaske zu erkennen, bevor ihn mehrere weitere Pfeile trafen.

Und das war sogar für einen Bären zu viel.

Kapitel Sechzehn

Hollie blieb still liegen, weil sie nicht wusste, wo sie war, als sie erwachte. Sie lag auf dem Bauch in einem Raum, der vage nach ihrem eigenen roch, wenn sie eine Herde von Fremden durch ihn hätte trampeln lassen. Unmöglich. Wie konnte sie zu Hause sein, wenn sie in ihrer letzten Erinnerung in einem Zug in Südamerika gesessen hatte? Mit Andrei.

Ihr wurde heiß bei dem Gedanken, was sie getan hatten. Dann runzelte sie die Stirn, als sie sich daran erinnerte, wie der Zug angehalten hatte. Wie sie sich auf die Seite geschlichen hatte, auf der nur ein paar Leute standen. Wie sie es an ein paar Waggons vorbei geschafft hatte, bevor sie das plötzliche Aufheulen der Motoren hörte. Die Angreifer waren wie aus dem Nichts aufgetaucht, das plötzliche Scheinwerferlicht hatte für Verwirrung gesorgt, als sie auf den Zug zugerast waren. Hollie hatte versucht, sich zwischen den

Waggons zu verstecken – okay, vielleicht hatte sie Andrei suchen wollen –, als sie anfingen, mit Pfeilen um sich zu schießen. Sie wäre vielleicht entkommen, wenn ein verängstigter Mensch sie nicht geschubst hätte, als sie zwischen die Waggons schlüpfen wollte.

Erschrocken hatte sie sich nicht rechtzeitig geduckt, und die Angreifer hatten sie mit ihren Pfeilen erwischt. Sie war gestürzt und hatte blinzelnd aus müden Augen geschaut, als sie hörte, wie sich Schritte näherten, und jemanden, der sagte: »Gib den Befehl zum Ausrücken. Sieht aus, als hätten wir Glück gehabt und unsere Zielperson erwischt.«

Sie war vom Boden hochgehoben worden und hatte trotz ihres benommenen Zustands begriffen, dass sie vorhatten, sie mitzunehmen. Aber wozu?

Als sie sich wehrte, gaben sie ihr noch mehr Drogen, und dann war alles eine große Leere, bis jetzt. In dieser Zeit war sie transportiert und anscheinend nach Hause gebracht worden. Zumindest roch es wie ihr Haus, der Fußboden bestand aus demselben unechten Eichenlaminat, das sie in ihrem Schlafzimmer verlegt hatte. Sie wusste jedoch, dass es nicht Andrei war, der sie gerettet hatte. Er hätte sie nie allein auf dem Boden schlafen lassen.

Aber da *war* der Geruch von Bär in der Nähe. Lada. Was das Warum betraf …

Der verdammte Schlüssel. Der sich langsam wirklich als größeres Problem herausstellte, als er wert war.

Vielleicht waren es die Betäubungsmittel. Vielleicht war es ihre Verärgerung, die endlich an die Oberfläche kam. Wie dem auch sei, sie fuhr ihre Krallen aus und grub sie in den nackten Boden. Die leichte Bewegung blieb nicht unbemerkt.

»Sie ist aufgewacht«, erklärte jemand und bewegte sich, womit derjenige ihre Aufmerksamkeit auf sich zog. Ein Mann in Jeans und einer Weste über einem dunklen Hemd stand an der Tür, bewaffnet mit einem Betäubungsgewehr. Also wollte er sie nicht töten. Natürlich nicht. Sie konnte ihnen nicht helfen, wenn sie tot war.

Aber andererseits hatte sie kein Problem damit, die Chancen zu ihren Gunsten auszugleichen. Schließlich war sie, bevor sie Klempnerin wurde, ein Raubtier gewesen.

Sie sprang auf und griff nach der Hängelampe an der Decke, weil sie wusste, dass der Kerl nicht damit rechnete. Er schoss und verfehlte. Er schaffte es fast, noch einmal zu zielen, als sie bei ihm ankam. Weil sie so wütend war, gelang es ihr, ihm das Betäubungsgewehr zu entreißen, damit auf ihn zu schießen und sich dann wegzurollen, gerade als einer seiner Freunde den Raum betrat und schoss.

Er verfehlte sie.

Sie ihn jedoch nicht.

Zwei hatte sie erledigt. Aber wer wusste schon, wie viele sich in den anderen Räumen aufhielten? Inzwischen wussten sie, dass sie wach war und kämpfte.

Sie stürmte in ihr Wohnzimmer und hatte keine

Betäubungspfeile mehr – nicht dass es eine Rolle gespielt hätte. Sie wäre sowieso nicht in der Lage gewesen, schnell genug zu feuern, um das Empfangskomitee auszuschalten.

Hollie hielt inne, als sie vier mit Betäubungspistolen bewaffnete Typen sah, die alle auf sie zielten. Aber das war nicht der einzige Grund, warum sie erstarrte. Jemand, der dem Geruch nach nur Lada sein konnte, saß auf ihrem Sofa. Und neben ihr lag, gefesselt wie ein Truthahn, bereit, in den Ofen geschoben zu werden ...

»Mom?«

Grüne, goldumrandete Augen blickten Hollie an. Sie musterten die Tochter, die sie nur selten sahen, und entspannten sich. Als wäre Dollie Joliette jemals besorgt. Der Frau fehlte das Mutter-Gen und sie hatte einen Großteil von Hollies Kindheit damit verbracht, die normalen Dinge zu vermeiden, die andere Mütter taten.

Es überraschte Hollie, sie zu sehen. Immerhin war ihre Mutter erst vor einem Monat auf einen Besuch vorbeigekommen und Hollie hatte sich gefragt, ob Dollie im Sterben lag, weil sie sie seitdem auch zweimal angerufen hatte.

Dollie sah stinksauer aus. Das war Hollie auch, denn es war offensichtlich, was als Nächstes passieren musste.

Sie warf die leere Betäubungspistole weg und nahm die Hände hoch. »Du musst Lada sein.«

»Und du bist ganz offensichtlich das kleine Kätzchen, das meinen Bruder vögelt.« Sie grinste verächtlich.

»Was soll ich sagen, ich stehe auf all das Fell.« Und Hollie hatte auch genau das richtige Werkzeug, um verstopfte Abflüsse wieder freizubekommen.

»Du weißt, warum ich hier bin. Gib mir den Schlüssel.« Lada schnippte mit den Fingern.

»Was denn für einen Schlüssel?« Sie spielte die Dumme, weil sie dadurch vielleicht ein wenig Zeit gewann, um sich irgendeinen Plan aus den Fingern zu saugen.

Lada packte Hollies Mutter bei den Haaren und zog daran. Die meisten Leute hätten aufgeschrien, doch Dollie sah sie nur wütend an.

Was Hollie zu der Frage veranlasste ... »Wie zum Teufel haben sie dich erwischt?«

»Sie ist mir direkt in die Arme gelaufen. Nicht wahr, kleines Kätzchen?«, erklärte Lada grinsend.

»Ich bin vorbeigekommen, um dich zu besuchen.«

»Warum?« Weil ihre Mutter sie nie grundlos besuchte.

»Deine Tanten haben mir gegenüber erwähnt, dass du jetzt mit einem Medvedev zusammen bist.«

»Und jetzt spielst du hier die gute Mutter und tust so, als würde es dich interessieren, mit wem ich zusammen bin?« Hollie hatte einige Probleme mit ihrer Mutter, allen voran stand allerdings die Tatsache, dass sie so gut wie nie für sie da gewesen war. Sie war immer auf der Jagd nach etwas Besserem gewesen und hatte Hollie nie mitgenommen. Doch Postkarten und Geschenke von überall auf der Welt waren keine Entschädigung für eine abwesende Mutter.

»Ich habe mich immer um dich gekümmert.«

»Als Mutter sollte man mehr tun, als bei jedem Problem einfach mit Geld zu reagieren«, lautete Hollies verbitterte Antwort.

»Du brauchst dich gar nicht zu beschweren«, fuhr Lada sie an. »Meine Mutter ist ein Kontrollfreak.«

»Behauptest du. Allerdings verspüre ich das Bedürfnis, dir mitzuteilen, dass aus deinem Bruder kein psychopathischer Entführer geworden ist.«

»Warte nur ab«, fuhr Lada sie an. »Sieh dir nur an, in was für schlechte Gesellschaft er sich jetzt begibt.«

»Du musst gerade reden. Schließlich arbeitest du mit Menschen zusammen«, erklärte Hollie und blickte vielsagend zu den Männern hinter Lada.

»Halt den Mund. Außer du möchtest uns mitteilen, wo der Schlüssel ist«, fuhr Lada sie an.

»Der Hausschlüssel? Der würde euch wahrscheinlich auch nichts nützen, da ich ja ganz offensichtlich ohnehin neue Schlösser brauche.«

»Hör auf, mich zu verarschen, und gib mir den verdammten Schlüssel.« Lada wurde laut und ihr Akzent wurde deutlicher.

»Du weißt aber schon, dass das Märchen in dem Buch genau das ist, nur ein Märchen«, versuchte Hollie zu sagen, nur um sich auf die Zunge zu beißen, als Lada Dollie mit dem Handrücken ins Gesicht schlug. Die allerdings wieder eher wütend aussah und gar nicht so, als hätte sie Schmerzen.

»Wenn es nur ein Märchen ist, dann gib mir doch einfach den Schlüssel. Warum sollte es dir dann etwas ausmachen?«

Damit hatte sie auch wieder recht. »Ich werde dir den Schlüssel geben, aber nur, wenn du erst meine Mutter freilässt.«

»Du hast hier überhaupt nichts zu sagen, blöde Kuh«, fuhr ein Mann sie plötzlich an, der bisher den Mund gehalten hatte. Er hatte militärisch kurz geschorenes Haar und trug einen bösen Gesichtsausdruck. »Fang an zu reden oder ich schieße ihr jedes Mal in eine ihrer Gliedmaßen, wenn du es hinauszögerst. Und ich fange damit gleich an ... und zwar jetzt.« Dann richtete das Arschloch seine Pistole auf ihre Mutter und schoss ihr ins Bein.

Die Kugel hinterließ ein klaffendes Loch, aus dem es blutete. Da Dollie gefesselt war, konnte sie keinen Druck auf die Wunde ausüben, um die Blutung zu stoppen.

Plötzlich herrschte schockiertes Schweigen im Raum, bevor Lada leise fragte: »Was zum Teufel tust du da?«

»Du verschwendest Zeit. Ich beschleunige das Ganze nur.« Der Sadist zielte mit der Pistole auf das andere Bein ihrer Mutter. Er würde erneut auf sie schießen; und das alles wegen eines Schlüssels, den

Hollie jetzt langsam wirklich zu hassen begann. Warum sollte sie ihn also beschützen?

»Er liegt unter dem Stein auf dem Gartenweg neben der Kompostiermaschine.«

Das Arschloch mit der Pistole neigte den Kopf und bedeutete einem seiner Männer nachzusehen, während Lada zischte: »Wir haben doch vereinbart, niemanden zu töten.«

»Sie ist ja auch nicht tot. Hör auf zu jammern oder ich sorge dafür, dass du weißt, warum du jammerst.«

Lada knurrte und ging auf das Arschloch zu. Allerdings zielte der Mann jetzt auf sie. »Nur zu, du weißt doch, dass ich auf dich schießen werde.«

Bevor Lada sich überlegen konnte, ob es das wert war, kam der andere Mann mit einem Plastikbeutel zurück, in dem sich der Schlüssel befand.

»Sehr schön.« Der Mann mit der Pistole griff nach dem Beutel, doch Lada war schneller. »Her damit.«

»Sei nicht zu voreilig. Ich nehme den Schlüssel, denn du musst dafür sorgen, dass sie nichts Unvorhergesehenes tun.«

»Ich erschieße sie, sobald sie auch nur blinzeln. Vielleicht erschieße ich sie ohnehin, weil sie zu viel wissen.«

»Guter Gott, beschütze mich vor mordlustigen Idioten«, murmelte Lada, bevor sie sich an den Menschen wandte. »Wir sollten verschwinden, bevor jemand bemerkt, was hier los ist.«

»Ich bin hier nicht derjenige, der pausenlos weiterquatscht. Und damit wertvolle Zeit verschwendet.«

»Verschwinden wir also.«

»Moment. Ich will nur sicherstellen, dass uns niemand folgen kann.« Als er die Waffe hob, trat Hollies Mutter mit ihrem Fuß nach ihm und die Kugel verfehlte ihr Ziel. Doch das Betäubungsmittel, das einer der anderen Typen aus Reflex abfeuerte, verfehlte sein Ziel nicht. Ihre Mutter sackte in sich zusammen und Hollie hechtete wieder in ihr Schlafzimmer.

Würden sie kommen, um sie zu holen?

Dann hörte sie, wie eine Tür zugeschlagen wurde, und wartete noch dreißig Sekunden lang, bevor ihr klar wurde, dass Lada und die bösen Männer gegangen waren.

Hollie eilte aus dem Zimmer, um nach ihrer Mutter zu sehen.

»Das ist ja wieder typisch, dass du genau den Zeitpunkt ausgewählt hast, um hier aufzutauchen«, grummelte sie, während sie Druck auf die Wunde ihrer Mutter ausübte. Gestaltwandler wurden zwar schneller wieder gesund als normale Menschen, aber sie konnten trotzdem sterben, wenn sie zu viel Blut verloren.

»Besser einen großen Auftritt hinlegen, als gar nicht zu kommen.«

Hollies Herz wäre bei den Worten ihrer Mutter fast stehen geblieben. »Ich hätte es schöner gefunden, wenn du zu meinem Schulabschluss gekommen wärst.«

»Da war ich in Mexiko im Gefängnis. Ich habe dir Blumen geschickt.«

»Immer diese Ausreden«, erklärte Hollie. Sie sah ihre Mutter an. »Wie kommt es, dass du nicht betäubt bist?«

Ihre Mutter streckte ihre Hand aus und zeigte ihr den Betäubungspfeil, den sie darin verborgen hatte. »Ich habe nur so getan.«

»Ich kann immer noch nicht glauben, dass sie dich überhaupt erwischt haben.«

»In Anbetracht der Tatsache, wie oft ich schon verhaftet wurde, sollte es dich eigentlich nicht überraschen. Ich war nie besonders gut darin, heimlich zu verschwinden.«

»Warum bist du also wirklich hier?«, wollte Hollie wissen.

»Weil ich in Panik geraten bin, als ich den Anruf bekommen habe, in dem es hieß, dass du entführt wurdest.«

Sie blinzelte ihre Mutter verständnislos an. »Du hast dir Sorgen um mich gemacht?«

»Ja. Was soll ich sagen? Ich werde wohl alt.«

Hollie dachte gerade nach, was sie daraufhin antworten sollte, doch die Antwort blieb ihr glücklicherweise erspart, als die Tür plötzlich krachend aufging und ihr Bär hereinstürmte.

Kapitel Siebzehn

Die Tür krachte gegen die Wand und Andreis Gebrüll hallte von den Wänden. Sein Blut raste, als er die Eindringlinge und Hollie roch.

Hollie und eine Frau, die ihr ziemlich ähnlich sah, knieten auf dem Boden und starrten ihn an.

»Honigbärchen!« Seine Stimme war belegt, als er sie ansah. Dann wurde er ein wenig verrückt, als er das Blut roch. »Du bist verletzt!«

»Nicht ich. Meine Mutter.« Sie nickte mit dem Kopf in Richtung der Wunde, die sie mit der Hand zupresste.

»Meine Schwester hat sie angeschossen?«

Hollie schüttelte den Kopf. »Nein, einer ihrer Schergen. Du hast sie knapp verpasst.«

»Die blöde Verzögerung am Zoll. Ich habe meiner Mutter ja gleich gesagt, dass wir lieber im Frachtraum mitfliegen sollten«, beschwerte er sich. Er hätte sich mehr beeilen müssen, obwohl es sich so anfühlte, als hätte er keine Sekunde stillgestanden, seit er im Zug auf dem Schoß seiner Mutter aufgewacht war. Das Betäubungsmittel, das in dem Betäubungspfeil gewesen war, hatte Stunden gebraucht, um seinen Körper zu verlassen. Es hatte so lange gedauert, dass alle Passagiere wieder zusammengetrieben worden waren und der Zug seine Fahrt wieder aufgenommen hatte.

Als er aufgewacht war, lag er auf einem Schoß und jemand streichelte sein Haar. Einen Moment lang hatte er geglaubt, er hätte einen schlimmen Albtraum, doch dann hatte er die Augen aufgemacht und seine Mutter gesehen.

Daraufhin hatte er aufgeschrien, und seine Mutter war alles andere als erfreut gewesen und hatte ihn kurzerhand von ihrem Schoß gestoßen. Noch immer benommen war er aufgestanden und hatte festgestellt, dass sie sich in einem Hotelzimmer befanden. Es war ein wenig schäbig, aber immerhin. Doch es fehlte ein wichtiges Detail.

»Wo ist Hollie?«, hatte er seine Mutter gefragt.

»Das ist deine erste Frage? Und nicht ›Wie geht es dir, Mama? Alles in Ordnung?‹« Sie hatte sich die Hand aufs Herz gelegt.

»Lada hat mein Honigbärchen entführt«, hatte er ernst erwidert, allerdings wusste er, wohin sie sie bringen würden, denn es gab nur einen Grund, Hollie zu entführen.

Der verdammte Schlüssel.

Als er jetzt seine Löwin blutverschmiert auf dem Boden kniend vorgefunden hatte, war ihm fast das Herz stehen geblieben.

»Honigbärchen!« Er eilte zu ihr, woraufhin sie kreischte: »Vorsichtig.«

Er ging langsamer auf sie zu, musste sie aber berühren, um sich zu vergewissern, dass sie unversehrt war.

»Ich sage es dir noch mal, es geht mir gut. Ich bin nicht diejenige, auf die geschossen wurde«, versicherte sie ihm.

Er betrachtete die Frau auf dem Boden, die ihn böse anstarrte. »Hallo, Hollies Mutter.«

»Bilde dir bloß nichts ein, Bär. Wenn du meiner Tochter wehtust, werde ich zu deinem schlimmsten Albtraum«, erklärte die Frau.

»Mom!«, rief Hollie. »Könntest du bitte aufhören. Dafür ist es jetzt ungefähr zwanzig Jahre zu spät. Und da wir gerade von Verspätung reden, du hättest dich auch mal früher blicken lassen können«, fuhr sie Andrei an.

»Ich nehme an, ich habe meine Schwester verpasst. Hat sie den Schlüssel bekommen?«

Hollie biss sich auf die Unterlippe und nickte. »Ich hatte keine andere Wahl. Sie haben meine Mutter angeschossen.«

»Es tut mir leid. Das ist meine Schuld.«

»Wie das? Du hast ja nur versucht zu helfen.«

»Ich hätte mich beeilen sollen. Aber meine Mutter

hat darauf bestanden, dass wir erste Klasse fliegen, und als ich versucht habe, mich in den Frachtraum zu schmuggeln, hat sie dafür gesorgt, dass die Spürhunde des Flughafens mich ausfindig machen«, grummelte er.

»Das ist also der Bär, mit dem du rumhängst?«, fragte Hollies Mutter. Sie schürzte die Lippen. »Sag mir jetzt nicht, du bist ein Muttersöhnchen.«

»Wenigstens liebt seine Mutter ihn«, fuhr Hollie sie an. »Ich brauche ein Messer.«

Er fragte sie nicht warum. Wenn sie das Bedürfnis hatte, ihre Mutter zu töten, würde er ihr helfen, die Beweise zu beseitigen. Stattdessen zerschnitt sie die Fesseln ihrer Mutter an den Handgelenken und hob dann ihre Bluse hoch, um sich die Wunde anzusehen.

»Es ist ein glatter Durchschuss. Üb einfach weiter Druck auf die Wunde aus, bis die Blutung stoppt«, sagte sie und stand auf.

»Und wo willst du hin?«

»Andrei und ich müssen ein paar Bösewichte schnappen.«

»Tatsächlich?«, fragte er. »Ich dachte, ich hätte sie knapp verpasst.«

»Das hast du auch, aber zwei davon liegen bewusstlos in meinem Schlafzimmer und vielleicht können sie uns ein paar Fragen beantworten.«

»Was?« Vielleicht hatte er wieder losgebrüllt, aber nur ein wenig.

»Komm schon, Papa Bär, und den bösen Blick kannst du dir für die Schurken aufsparen.«

Das Problem bei der Sache war nur, dass die Männer immer noch bewusstlos waren, und egal, wie sehr sie sie auch ohrfeigten und sie mit kaltem Wasser überschütteten, sie wollten einfach nicht aufwachen.

Als er gerade aufgeben wollte, fauchte Hollies Mutter: »Keinen Schritt weiter oder ich schieße!«

Hollie riss die Augen weit auf.

Und er tat es ihr nach, als er plötzlich hörte: »Dann solltest du besser treffen, sonst zerfetze ich dir dein Gesicht.«

Andrei und Hollie sahen einander schockiert an. Anscheinend hatten sich ihre Mütter persönlich kennengelernt.

»Oh, verdammt.« Schnell eilten sie ins Wohnzimmer, wo ihre Mütter sich gegenüberstanden.

»Du bist also die Alte, die den Fleischklops gezeugt hat, mit dem meine Tochter rumhängt«, stellte Dollie fest.

Doch seine Mutter teilte es ihr mit gleicher Münze heim: »Immerhin muss mein Sohn nicht kommen, um mich zu retten, weil ich inkompetent bin.«

»Das ist ein starkes Stück, wenn es von der Primadonna kommt, die hier zu spät aufgetaucht ist. Ich war immerhin so schlau und habe den Männern einen Sender untergejubelt, damit wir sie verfolgen können. Und was hast du getan?«

»Ähm, Mom, was hast du da gerade gesagt?«, hakte Hollie nach.

»Ich wurde vielleicht überrascht, aber ganz inkompetent bin ich nicht. Ich habe den Sender, mit dem ich normalerweise meinen Schlüssel wiederfinden kann, einem der Menschen in die Tasche gesteckt, als er nicht aufgepasst hat.«

Diesmal war es Andrei, der rief: »Worauf zum Teufel warten wir dann noch?«

»Ich brauche ein Handy, mit dem ich mich einloggen kann. Das ist ja wohl offensichtlich«, lautete die Antwort.

Andreis Mutter reichte ihr erstaunlicherweise ihr Handy und er selbst versuchte, nicht ungeduldig hin und her zu laufen, während Hollies Mutter mit einer Hand darauf herumtippte, da sie sich mit der anderen noch immer die Schusswunde zuhielt.

»Gib mal her.« Seine Mutter riss der anderen Frau das Handy aus der Hand und fuhr sie an: »Gib mir die Zugangsdaten.«

Nachdem sie sich in die App eingeloggt hatten, nahm Hollie das Handy. »Wir müssen los.«

»Moment, und was ist mit mir?«, wollte Hollies Mutter wissen.

»Meine Mutter wird sich um dich kümmern, nicht wahr?«, erklärte Andrei. »Schließlich war sie früher ja mal eine Krankenschwester.«

»Hebamme.«

»Jedenfalls war Blut im Spiel«, erwiderte er und griff nach Hollies Hand.

»Fass mich ja nicht an«, rief Hollies Mutter.

»Ist deine Tochter auch so feige wie du?« Natürlich kam auf die Erwiderung hin das erwartete verächtliche Lächeln.

»Meine Tochter ist viel zu gut für deinen Sohn.«

Während ihre Mütter sich gegenseitig erklärten, warum ihr Kind besser war, eilten Andrei und Hollie aus der Tür, doch sie nahmen nicht den Wagen, sondern gingen zu Fuß.

»Was machst du da?«

»Anscheinend haben sie angehalten.« Sie zeigte nach vorn, ein paar Häuser weiter. Sie liefen Hand in Hand los und sein Blutdruck ließ nun endlich langsam nach und sein innerer Bär beruhigte sich, nun, da er wieder mit seiner Gefährtin zusammen war.

Und es war ihm ganz egal, ob seine Mutter sie mochte oder nicht. Und er hatte ihr im Flugzeug schon gesagt, dass er *diese Katze* heiraten würde, obwohl sie sich gerade beschwert hatte und sie zigtausend Meter über dem Ozean flogen, sodass er nicht rausspringen konnte. Und dann benutzte er die einzige Drohung, mit der er seiner Mutter eventuell Angst machen konnte.

»Entweder akzeptierst du Hollie oder du wirst deine Enkelkinder nie kennenlernen.«

Sofort schwieg seine Mutter. »Du meinst es wirklich ernst mit diesem Mädchen?«

»Sie ist meine Schicksalsgefährtin. Mein Leben ist an ihres gekoppelt, und das bedeutet, dass du sie entweder akzeptierst oder ...«

Seine Mutter hielt abwehrend eine Hand hoch.

»Sprich es nicht aus. Ich kann es nicht ertragen.« Seine Mutter schloss die Augen. Atmete tief durch und gab sich dann seufzend geschlagen: »Wenn es denn sein muss, werde ich deine zukünftige Frau mit offenen Armen empfangen. Ich werde ihr beibringen, wie man kocht und wie man deinen nicht enden wollenden Appetit stillt. Vielleicht bringe ich ihr auch noch all meine Tricks bei, wie man einen Ehemann glücklich macht, sogar den mit der Kirsche und der Zunge, der Männer verrückt macht ...«

»Ahh!« Und da hielt er sich schnell die Ohren zu. Allerdings zweifelte er stark daran, dass das Ganze reibungslos über die Bühne gehen würde, da ihre Mütter anscheinend vorhatten, sich zu hassen. Jedenfalls würde es auf Familientreffen nicht langweilig werden.

Ihre Schritte trafen auf den Bürgersteig, als sie den Geländewagen mit den dunkel getönten Scheiben erreichten, der am Straßenrand geparkt war. Ein Mann lag blutend darin, hielt sich sein aufgeschlitztes Bein und starrte sie an.

»Was ist passiert?«, fuhr Andrei ihn an.

Der Mensch erklärte stotternd: »Plötzlich haben ihre Augen angefangen zu leuchten und sie hat mich gekratzt.« Er sah hinab zu den Fleischwunden. »Mit riesigen Pranken.«

»Und wo sind alle hin?«

»Ich ... ich weiß es nicht.«

Aber Andrei schon. Und Hollie auch. Sie folgten

der Fährte seiner Schwester und drei anderer Menschen. In der Ferne sah er sie, wie sie auf der Brücke standen. Lada stand mit dem Rücken zum Geländer. Ihr gegenüber standen drei Männer. Alle bewaffnet.

»Ich habe das Gefühl, dass deine Schwester meutert«, murmelte Hollie.

Lada hielt den Schlüssel über das Geländer und das war wahrscheinlich der einzige Grund, warum sie bis jetzt noch nicht erschossen worden war.

Andrei und Hollie eilten zu ihr, doch er wusste bereits, dass sie nicht rechtzeitig bei ihr ankommen würden. Er rief den Namen seiner Schwester. »Lada!«

Seine Schwester erschrak und blickte in seine Richtung. Es war nur eine Sekunde, aber es reichte, um die Dinge in Gang zu setzen.

Ein Schuss wurde abgefeuert.

Seine Schwester schrie auf.

Der Schlüssel fiel über das Brückengeländer, zum fassungslosen Entsetzen der Zuschauer, besonders seiner Schwester, die schrie: »Nein!«

Und dann war er derjenige, der flüsterte: »Nein«, als rotes Blut sich auf der Brust seiner Schwester ausbreitete. Einer der Menschen hatte auf sie geschossen.

Aber Lada würde nicht einfach still sterben. Sie wandte sich gegen ihre abtrünnigen Verbündeten. Mit einem Wutschrei warf sie sich auf den Mann, der auf sie geschossen hatte. Und sie fielen beide von der Brücke.

Und was tat Andrei? Es handelte sich hier schließlich um seine Schwester. Also sprang er ihr hinterher.

Er suchte den dahinströmenden Fluss ab, bis in der Ferne die Sirenen ertönten, die örtliche Polizei war wegen Schüssen gerufen worden. Nur gab es nichts zu sehen, denn der Geländewagen war schon weg. Seine Mutter hatte das Blut aufgewischt, und was die Leichen in Hollies Schlafzimmer anging? Das Rudel nahm sie zur Befragung mit.

Nicht dass es noch eine Rolle gespielt hätte. Er hatte dabei versagt, seine Schwester zu retten, und fühlte sich innerlich wie betäubt.

Er saß mit klatschnassem Hintern zitternd auf Hollies Sofa. Seine Mutter, schluchzend und schimpfend, versuchte zu kochen, aber es gab nichts zum Backen. Aufgrund des Einbruchs vor ihrer Abreise gab es im Haus weder Decken noch Handtücher. Hollies Mutter – »Nenn mich ruhig Dollie« – hatte die Blutung mit einem Vorhang gestoppt.

Sie waren ganz sicher ein wild zusammengewürfelter Haufen. Und dann erklärte Hollie: »Hier können wir nicht bleiben.« Sie nahm die Sache in die Hand und setzte beide Mütter kurzerhand auf der Türschwelle ihrer Tante Lena ab. Immer noch streitend. Ein gutes Zeichen. Seine Mutter tötete normalerweise die Leute, die sie wirklich hasste. Und während sie wahrscheinlich traurig über Lada war, so war ihr sicher ebenfalls klar, dass sie sie schon vor langer Zeit verloren hatten.

»Und wohin gehen wir?«, fragte er, als Hollie erleichtert aufatmete und losfuhr.

»Ich habe ein paar meiner Kontakte spielen lassen und uns die Penthouse-Suite im Hotel der Pride Group gebucht.«

»Das war sicher nicht billig.«

»War es auch nicht, deswegen habe ich gesagt, sie sollen es dir in Rechnung stellen.« Sie grinste ihn frech an.

»Diese Suite hat nicht zufällig eine riesige Badewanne?«, fragte er fast ein wenig zu hoffnungsvoll.

Sie erschauderte. »Du weißt doch, dass Katzen das Wasser hassen.«

»Soll das etwa heißen, du steigst nicht zu mir in die Wanne?«

Sie sah ihn mit ernstem Blick an. »Bist du dir sicher, dass du für so etwas bereit bist?«

»Willst du wissen, ob ich wegen meiner Schwester jetzt zum Trauerkloß werde? Nein. Ja, ich bin traurig, aber ich werde darüber hinwegkommen. Und hauptsächlich bin ich traurig, weil ich weiß, wie sehr es meiner Mutter wehtut. Lada und ich standen uns nie sehr nahe. Schon gar nicht in den letzten zehn Jahren.«

»Das war also deine berühmte Mutter. Ich fand sie gar nicht so schlimm.«

Er lachte schnaubend. »Warte nur, bis du sie

richtig kennenlernst. Und da wir gerade von Müttern reden, warum hatte ich den Eindruck, deine sei tot?«

»Nicht tot, aber auch nicht Teil meines Lebens. Deswegen war ich ja auch so überrascht, dass sie heute Abend hier aufgetaucht ist.«

»Bist du dir sicher, dass du den Abend nicht lieber mit ihr verbringen möchtest?«

»Ja, da bin ich mir ganz sicher. Es gibt nur eine Person, mit der ich den Abend verbringen möchte. Und selbst wenn diese Person das personifizierte Chaos ist.«

»Ich kann dir versprechen, dass mein Leben nicht immer so aufregend ist.«

»Und meines ist nicht immer so langweilig. Diese Alligatoren in den Abflusskanälen können ganz schön groß werden.«

Seine Augen leuchteten auf. »Warte nur, bis du siehst, was in den Abflusskanälen unter Sankt Petersburg alles so lebt.«

»Ich werde Sankt Petersburg besuchen?«

»Benutzt ein Bär dreilagiges Toilettenpapier, um sich den Hintern abzuwischen?«

»Du weißt aber schon, dass dieses Zeug schrecklich für die Abflüsse ist, richtig?«

Er lachte und griff nach ihrer Hand. Drückte sie. Und das war der Grund, warum er sich verliebt hatte.

Da das Hotel ihr eine elektronische Schlüsselkarte geschickt hatte, konnten sie direkt nach oben gehen. Nachdem er die Tür verriegelt und zur Sicherheit einen Stuhl unter den Türknauf geschoben hatte, ließ er als Erstes ein Bad ein.

Er brauchte nicht lange zu diskutieren, um sie dazu zu bringen, in die Wanne zu steigen, und kaum saß sie drin, entspannte sich ihr Gesicht und sie seufzte vor Wohlbefinden.

Sie tauchte ihren Kopf unter, bevor sie mit einem Schwung ihrer Haare auftauchte und ihn mit Wasser bespritzte. Er stieß ein neckisches Knurren aus. »Jetzt hast du mein Hemd nass gemacht.«

Sie zeigte auf die Wanne. »Dann solltest du es vielleicht besser ausziehen und mit reinkommen.«

»Wäschst du mir den Rücken?«

»Wäschst du denn meinen?« Sie drehte sich um und schaute ihn kokett über ihre Schulter an.

Er gesellte sich zu ihr, das Wasser stieg bedenklich hoch und schwappte leicht über die Seitenwände der Wanne.

Sie schnappte sich einen Lappen und etwas Seife und rutschte in der großen Wanne umher, bis sie rittlings auf ihm saß, dann rieb sie seine Brust.

Er revanchierte sich, indem er Shampoo in ihrem Haar verteilte, die Strähnen und ihre Kopfhaut massierte, und zwar so gut, dass sie den Kopf zurücklegte und schnurrte, als er sie massierte. Dann ließ er seine Seifenhände über ihre Schultern gleiten und hinterließ eine Spur aus Schaum auf ihrer Haut.

Plötzlich ging der Wasserhahn an, der Wasserstrahl entlockte ihr ein Keuchen, dann ein Seufzen, als er sie abwusch. Er bat sie, sich hinzustellen, um nicht im schmutzigen Wasser zu sitzen, und spülte sie weiter ab, bis alle Spuren der Seife verschwunden waren.

Erst dann gab er seinem Verlangen nach und legte seinen Mund um eine harte Brustwarze, zupfte und saugte an der Spitze, woraufhin sie den Rücken wölbte und zu keuchen begann und sich gegen ihn stemmte.

Sie fuhr ihm mit den Fingern durch die Haare, zerrte daran, ein angenehmer Schmerz, der ihn brummen ließ, während er saugte, seine Hände über ihre Haut gleiten ließ und sie liebkoste.

Als sie mit den Fingern über seinen Schwanz strich, der so dick und hart war, konnte er kaum erwarten, was als Nächstes kam. Besonders als er die geschwollene Stelle zwischen ihren Schenkeln massierte.

Das Wasser kam ihm in die Quere, also setzte er sie auf den breiten Marmorrand der Wanne und spreizte ihre Schenkel, um besseren Zugang zu haben. Er ließ seine Finger in ihre Muschi gleiten, stieß zu und drückte, füllte sie damit aus und erregte sie, und er genoss ihre Reaktion.

Er konnte nicht aufhören, sie anzustarren. Wie sie ihn mit vor Leidenschaft halb geschlossenen Augen ansah.

Mit dem Daumen strich er über ihre empfindliche Klitoris, kniff und rollte sie und entlockte ihrem Mund einen Schrei. Sie ließ ihre Hüften kreisen, und dann kam sie zum Orgasmus, schnell und heftig, und sie stieß einen Schrei aus, als ihr Körper sich vor Lust krümmte. Er hielt sie davon ab zu stürzen, während sie vor Lust keuchte und um seine Finger pulsierte.

Und dann war es an ihm, den Kopf zurückzuwerfen und zu keuchen, als sie zurück in die Wanne glitt und ihre Finger um seinen Schwanz legte.

Er schaute nach unten und beobachtete, wie sie ihre Hand auf seinem Schwanz hin- und herbewegte. Sie streckte die Zungenspitze heraus und leckte sich damit über ihre Unterlippe, und entlockte ihm damit ein Stöhnen.

Er bewegte die Hüften im Takt ihrer streichelnden Bewegung und begann zu beben, als sie zusätzlichen Druck auf die Spitze ausübte.

Aber er wollte mehr, als dass sie ihn mit der Hand zum Orgasmus brachte. Er wollte sie unbedingt mit seinem Schwanz ausfüllen. Sie zum Schreien bringen, als sie erneut zum Orgasmus kam.

Offenbar waren sie einer Meinung, denn sie stand auf, eine feucht glitzernde Göttin. »Wie wäre es, wenn wir zur Abwechslung mal ins Bett gehen?«

Er hatte nichts dagegen einzuwenden, zumal sie ihn am Schwanz ins Schlafzimmer zerrte. Auf ihr Drängen hin setzte er sich auf die Bettkante und sie stellte sich zwischen seine Beine, wobei sie ihn immer noch streichelte. Aber er war es leid, ein passiver Beteiligter zu sein. Er streckte die Hand aus, um ihre Brüste zu streicheln, und sofort richteten sich ihre Brustwarzen auf und verlangten nach seiner Aufmerksamkeit.

Er sträubte sich nicht. Er beugte sich vor und nahm ihre Brustwarze zwischen seine Lippen, biss leicht hinein und entlockte ihr damit einen leisen Schrei. Er packte sie plötzlich um die Taille, warf sie aufs Bett und legte sich mit seinem Körper über sie. Sein Mund fand ihren und sie spreizte einladend die Beine. Mit einer einzigen sanften Bewegung drang er in sie ein. Ein tiefer Stoß, der ihre empfindliche Stelle traf.

Er stieß sie, bis sie vor Verlangen keuchte. Sie hielt sich an ihm fest, vergrub ihre Fingernägel in seinen Schultern und seinem Rücken, trieb ihn an und spreizte die Beine weit, damit er noch tiefer eindringen konnte.

Und noch fester. Immer und immer wieder, bis sie erschauderte. Sie kam heftig auf seinem Schwanz zum Orgasmus und versenkte ihre Zähne in seiner Schulter, biss ihn, markierte ihn als den ihren.

Er tat dasselbe, krümmte seinen Körper so, dass er sich in das weiche Fleisch über ihrer Brust verbeißen konnte. Und dann biss er sie, als er zum Höhepunkt kam. Sie verbanden sich mit Körper, Blut und Seele.

Nach einer zweiten Dusche, bei der sie sich tatsächlich wuschen, bestellten sie den Zimmerservice. Und hatten wieder Sex. Im Bett. In der Dusche. Auf dem Fußboden.

Sie schlief auf seinem Oberkörper, als ihn etwas

aufweckte. Ein flüsternder Laut, der ihn wach werden ließ. Sie erstarrte. »Hast du das gehört?«, flüsterte sie an seinem Ohr.

Ja. Allerdings hatte er das gehört. Ein Streitgespräch vor der Tür ihrer Suite.

»Was machst du denn hier?«, zischte Hollies Mutter.

»Ich könnte dich das Gleiche fragen. Schließlich wolltest du nur kurz zum Laden gehen, um noch mehr Verbandszeug zu holen.«

»Und du wolltest frühstücken gehen.«

»Tue ich auch. Mit meinem Sohn.«

»Ich bin mir ziemlich sicher, dass sie nicht gestört werden möchten.«

»Und warum bist du dann hier?«, grummelte seine Mutter.

»Ich bin hier, um dafür zu sorgen, dass du dich nicht in das Liebesleben meiner kleinen Tochter einmischst.«

»Und ich passe auf meinen Sohn auf.«

»Du solltest ihn langsam mal von deinem Rockzipfel loslassen. Er ist ihr Schicksalsgefährte. Und der zukünftige Vater meiner Enkelkinder.«

»Meintest du nicht, *unserer* Enkelkinder? Oder sollte ich besser sagen, hauptsächlich meiner Enkelkinder, denn nach dem zu urteilen, was man so hört, lässt du dich ja nicht häufig blicken«, antwortete seine Mutter pikiert.

»Ich habe beschlossen, dass es an der Zeit ist, ein

wenig langsamer zu treten und die verlorene Zeit mit meiner Tochter aufzuholen. Eine von uns beiden muss ja schließlich die lustige Großmutter sein.«

»Ich bin die lustige Großmutter.«

»Ihr seid beide viel zu laut und wirklich nervtötend!«, rief Andrei.

Woraufhin Hollie kicherte, bis ihre Mutter sagte: »Siehst du, was du angerichtet hast? Du hast sie aufgeweckt. Dabei sollten sie doch daran arbeiten, uns Enkelkinder zu schenken.«

Ohne es wirklich zu sehen, konnte er spüren, wie Hollie die Röte in die Wangen stieg. Besonders weil sie es garantiert miteinander getrieben hätten, wären sie nicht unterbrochen worden.

»Wenn ich mich recht entsinne, geht in etwa einer Stunde der tägliche Flug nach Italien«, flüsterte er.

»Worauf warten wir dann noch?«, erwiderte Hollie. »Gibt es in Italien nicht die ältesten Sanitäranlagen der Welt?«

Und Gondeln, die umkippten, wenn man zu sehr damit schaukelte. Doch an Land zu schwimmen war nicht das Problem. Das Problem war, dass sie nackt auftauchten und anschließend von der Polizei gejagt wurden.

Epilog

Weder Ladas Leiche noch der Schlüssel wurden jemals wiedergefunden. Und auch das Buch blieb verschwunden, und das bedeutete, dass sie nicht weiterkamen, was das Geheimnis um den alten Schlüssel anging. Positiv zu vermerken war allerdings, dass es keine weiteren Angriffe gab, und Hollie war mit Andrei einer Meinung, als dieser sagte, dass es wahrscheinlich das Beste war, das Geheimnis einfach weiterhin ein Geheimnis bleiben zu lassen.

Das Leben wäre vielleicht wieder langweilig geworden, wenn sie es tatsächlich geschafft hätte, den Bären zu zähmen, den sie sich ausgesucht hatte, aber Andrei war niemand, der die Dinge auf normale Art und Weise tat. Da sie arbeiten wollte, beschloss er, dass es an der Zeit war, ins Immobiliengeschäft einzusteigen. Er kaufte ein paar heruntergekommene Gebäude, die von Grund auf umgebaut werden mussten, und stellte sie ein, um alle Klempnerarbeiten zu erledigen.

»Bist du eigentlich verrückt geworden? Ist dir klar, wie viel Arbeit das ist?«, rief sie.

»Soll das etwa heißen, du willst nichts über das Haus erfahren, das ich in Russland gekauft habe?« Denn er hatte beschlossen, dass sie in beiden Ländern Zeit verbringen sollten.

Und für sie war das in Ordnung. Trotz eines holprigen Starts verstand sie sich sehr gut mit seiner Mutter. Sie hatte nie die Art von Mutter gehabt, die sie zum Einkaufen oder zum Friseur mitnahm oder romantische Komödien sehen wollte.

Als sie sich das erste Mal gegen Andrei auf die Seite seiner Mutter geschlagen hatte, dachte sie, er würde einen Herzinfarkt erleiden. Er hatte ein paar Minuten lang nichts gesagt und dann gegrummelt. Und ja, es war seltsam, seine Mutter bei ihrem romantischen Valentinstagsessen dabeizuhaben. Aber sie machte es später mit dem besten Blowjob wieder gut, den er je bekommen hatte. Als Klempnerin wusste sie alles übers Saugen und Rohre Freiblasen – aber das bedeutete nicht, dass sie jemals zustimmen würde, dass sie sich als Mario und Peach verkleiden sollten. Sie hatte kein Interesse daran, einen Schnurrbart zu haben.

Was ihre Mutter anging ... sie hatte ihre Drohung wahr gemacht, Hollie wieder näherzukommen, und als ihre Tochter nicht kooperierte, hatte sie sich mit ihrem Gefährten verschworen.

Letztendlich war das Leben so gut wie perfekt. Vor allem, nachdem sie ein Gespräch mit ihrem Bären darüber geführt hatte, die Bienenstöcke im Wald zu lassen, anstatt sie mit nach Hause zu nehmen.

Er ließ sich auf die abgepackte Sorte Honig ein, nachdem sie ein Glas gekauft und die bernsteinfarbene Süße über ihren ganzen Körper geträufelt hatte, mit der Forderung, dass er sie sauber lecken sollte.

Und für diejenigen, die sich wundern, er hatte eine hervorragende, griffige Zunge.

———

ES WAR AN DER ZEIT AUFZUBRECHEN.

Der schwere Metallschlüssel kam in eine Innentasche mit Reißverschluss, damit er nicht versehentlich herausfallen konnte, zusammen mit einem Feuerstein und etwas Kreide. In das größere Fach kamen seine Kleidung, zusätzliches Schuhwerk und Proteinriegel. Peter hätte das alte Märchenbuch mitgenommen, aber da es so alt und groß war, waren die Bilder, die er in einer Online-Cloud gespeichert hatte, praktischer.

Er hatte viel Zeit damit verbracht, einen der überlebenden Folianten mit der Geschichte und den Illustrationen aufzuspüren. Es waren nur fünf Exemplare hergestellt worden, von denen drei als zerstört galten.

Möglicherweise vier, wenn man das Gerücht

berücksichtigte, das ihm kürzlich zu Ohren gekommen war. Und mit dem Verlust des gefälschten Schlüssels war das Interesse daran erloschen.

Ja, eine Fälschung.

Die Leute waren hinter dem falschen Schlüssel her, den er vor dem Vorfall in seiner russischen Wohnung platziert hatte. Niemand hatte je vermutet, dass der echte in einem Postfach zu Hause auf ihn gewartet hatte.

Nachdem er alle seine Sachen gepackt hatte, einschließlich seines Passes mit seinem neuen Decknamen, schwang Peter sich den Rucksack auf den Rücken und kletterte dann aus dem Fenster auf die Feuerleiter. Zeit für einen heimlichen Abgang, da er nicht wollte, dass sein ständiger Verfolger ihn begleitete.

Nicht dorthin, wo er hinwollte.

Er war sich ziemlich sicher, dass der neue Ehemann seiner Schwester derjenige war, der das Duo angeheuert hatte, das derzeit auf ihn aufpasste. Der mürrisch aussehende Kerl, der die Frühschicht bis zum Abendessen machte, und das heiße Mädchen, das die nächtliche Überwachung übernahm. Zum Schutz oder um ihn einzusperren? Es spielte keine Rolle. Er würde nicht zulassen, dass sie ihm in die Quere kamen.

Peter dachte, er hätte sich aus dem Staub gemacht, bis er am Morgen nach seiner Ankunft in der Schweiz von einem Gewicht auf seiner Brust und einer schnurrenden Stimme geweckt wurde, die sagte: »Wo willst du denn hin, Peter?«

Nora weiß, dass Peter etwas im Schilde führt. Deswegen folgt sie ihm auch auf Schritt und Tritt. Aber für einen Menschen ist er ziemlich gewieft und auch ziemlich sexy. Deswegen sieht sie auch mehr in ihm. Vielleicht ist er sogar Ihr Mensch fürs Leben.

www.ingramcontent.com/pod-product-compliance
Lightning Source LLC
LaVergne TN
LVHW041627060526
838200LV00040B/1465